DU MÊME AUTEUR

n° 1 - Sombres dérives
n° 2 - Vagues amères
n° 3 - Horizons obscurs
n° 4 - Bleus profonds
n° 5 - Symphonie écossaise

Retrouvez tous nos ouvrages sur www.palemon.fr.

CE LIVRE EST UN ROMAN.
Toute ressemblance avec des personnes, des noms propres, des lieux privés, des noms de firmes, des situations existant ou ayant existé, ne saurait être que le fait du hasard.

CAROLINE LE RHUN

Symphonie écossaise

ÉDITIONS DU PALÉMON
ZI de Kernevez - 11 B rue Röntgen - 29 000 QUIMPER

CHAPITRE 1

Au large de l'Écosse, l'étrave de l'*Endurance* fendait la surface des eaux azur et sa proue dressée vers le ciel s'élevait et plongeait avec la régularité d'un métronome. Ronan, penché sur le bastingage de la goélette, observait sa progression avec délectation. Un coup d'œil en l'air lui permit de constater que les voiles blanches, bien tendues, étaient parfaitement réglées pour faire marcher le deux-mâts en harmonie avec les éléments. Colin, le skipper du bateau, était vraiment un marin d'exception. Le Britannique de Portsmouth connaissait son navire par cœur et possédait le savoir-faire pour optimiser sa progression à toutes les allures, par vent faible comme dans le gros temps. Ce matin-là, un léger clapot faisait frémir la mer et la longue ondulation de la houle qui accompagnait le bateau créait un roulis à peine perceptible. La navigation avait été agitée pendant plusieurs jours à cause d'un vent d'ouest soutenu, mais plus le vieux gréement descendait vers le sud, plus la météo devenait calme.

La croisière se terminait après un périple de huit jours sur les côtes ouest de l'Écosse. Plusieurs escales avaient ponctué le voyage, Lochinver, Stornoway sur l'île Lewis, Uig et Armadale, l'île de Skye et l'île de Tiree. Le lendemain, Colin et Ronan débarqueraient leurs passagers à Oban, dernière escale qui marquerait la fin de la croisière et de la saison pour les deux hommes.

L'*Endurance*, goélette de 21 mètres de longueur, était la propriété d'une société britannique spécialisée dans les croisières sur des bateaux traditionnels. La panoplie de leur catalogue allait du cotre aux deux-mâts, la promesse d'un voyage à la voile sur des bateaux en bois, à l'opposé des paquebots grand format en vogue dans l'industrie du tourisme.

La goélette avait embarqué des clients pendant toute la période estivale pour des séjours à thème. Kayak, photographie ou musique avaient rythmé les stages proposés aux voyageurs. Cette dernière navigation, orientée vers la musique traditionnelle, comptait onze passagers. Les sessions organisées dans les pubs avec des musiciens locaux ponctuaient le périple et se déroulaient toujours dans une convivialité sans pareille.

L'*Endurance* avait quitté le mouillage de Tiree tôt le matin et mis le cap sur l'île de Staffa. Environ deux heures de navigation, avait estimé Colin. Les passagers attendaient tous avec impatience de découvrir le caillou qui s'annonçait être le clou de leur voyage, c'est du moins ce que le capitaine leur avait promis.

Pour Ronan, la saison se terminait après plus de quatre mois de navigation. Ce parcours lui avait beaucoup plu. Colin partageait ses compétences avec générosité et Ronan, qui avait peu d'expérience dans la voile traditionnelle, avait énormément appris. Par-dessus tout, la variété des paysages écossais l'avait littéralement subjugué. Il était déjà venu à Édimbourg dans sa jeunesse, mais il ne connaissait pas l'ouest du pays. La côte sauvage et parsemée d'îles, les montagnes verdoyantes, arides et toujours majestueuses, l'accueil des Écossais lors des escales, tout l'avait séduit. Un seul mot lui venait à l'esprit pour définir ce qu'il ressentait : ce voyage était grandiose. Il allait partir à regret.

Devant la proue se profilait l'île de Staffa, un des derniers joyaux écossais qu'il aurait l'occasion de voir avant la dernière escale du soir à Iona et leur retour à Oban.

Le bip de la borne d'entrée avait eu l'effet d'une libération pour Mary. Enfin, elle venait de pénétrer dans le musée, après une heure et demie d'attente. Elle se réjouissait d'avoir pu réserver sa place en ligne et ne l'aurait échangée pour rien au monde. Mary s'intéressait au monde de l'art sous toutes ses formes. Elle avait créé la Lee Gallery de Cork à l'automne 2019 et son établissement était devenu un lieu d'exposition prisé des artistes de tous horizons. Mary aimait le mélange des genres et n'avait pas voulu se spécialiser dans un domaine précis. La sculpture y côtoyait la peinture, le graff et tout autre type d'installation. Pour son plaisir personnel aussi bien que pour ses besoins professionnels, elle était à l'affût d'expos en tout genre à découvrir. Il n'était pas question qu'elle manque l'événement de l'année au Modern Museum of Art de Glasgow, *Run and cut* de l'incontournable star du *street art*, Banksy. L'artiste était mondialement connu pour ses dessins réalisés au pochoir qui s'intègrent à leur support ou le complètent. Banksy gardait volontairement l'anonymat, mais plusieurs indices laissaient supposer qu'il était originaire de Bristol. Cette identité mystérieuse participait à l'aura de ses œuvres sur tous les continents. Ses fans suivaient ses créations au fil de leurs apparitions ici ou là, disséminant sur la planète sa critique de la société de consommation, de l'absurdité de notre monde actuel. L'artiste, peu friand des expos officielles, avait toutefois accepté d'exposer au sein de cette véritable institution culturelle qu'est le GoMa. Mary l'avait lu dans la presse. Devant ce bâtiment historique de facture classique dont la façade était ornée de colonnes trônait une statue équestre d'un personnage illustre de l'histoire britannique, le duc de Wellington. Depuis de nombreuses années, la tête du duc est étrangement coiffée d'un cône de chantier orange et blanc. Dès que les services de la ville ôtaient l'objet, un autre cône y retrouvait sans délai sa place. Cette irrévérence des Glaswégiens envers l'autorité représentait pour l'artiste rebelle une véritable bonne raison de choisir ce lieu afin d'y exposer.

Mary quitta le vaste hall d'entrée baigné de lumière et pénétra dans la première salle de l'exposition. Ses yeux mirent un long moment avant de s'adapter à la faible luminosité ambiante. Elle découvrit la reconstitution de l'atelier de l'artiste avec un patchwork de pochoirs entouré de bombes de peinture et de matériel divers. Puis s'étalèrent des photos de rues où s'affichaient ses créations. Elle poursuivit dans une salle où le casque d'un policier transformé en boule à facettes reflétait la lumière sur les murs sombres. Plus loin, elle découvrit d'autres œuvres illustrant les idées pacifiques et antimilitaristes de l'artiste. Dans chaque création transpirait son regard à la fois poétique et indigné. Mary était admirative des messages délivrés, simples et percutants.

Son téléphone vibra, elle s'isola du mieux qu'elle put et répondit.

— En pleine expo au GoMa, chuchota-t-elle.

— Tu veux que je te rappelle ? demanda Ronan.

— Non, attends un peu, je vais te donner un aperçu.

Mary se plaça au centre de la pièce, positionna son téléphone en l'air et tourna lentement sur elle-même de façon à faire découvrir à Ronan l'environnement, tout en essayant de ne pas gêner les autres visiteurs.

— Pas si vite, tu me donnes le tournis.

Mary ralentit l'allure, puis repositionna l'écran devant son visage.

— Je ne vois pas vraiment les œuvres d'art derrière toi, mais ça me va, je me satisfais de ton sourire au milieu de l'écran. Pas sûr de comprendre ton univers, mais si ces œuvres tournent autour de toi, eh bien alors, j'aime bien ton système solaire ! Parce que c'est bien toi qui es au centre, non ?

Mary pouffa de rire aussi discrètement qu'elle put.

— Ronan Kerloch, tu es un véritable artiste qui s'ignore ! Et moi, tu sais, ce que j'aime, c'est que tu me surprennes toujours. Et toi, tu es où ?

Ronan tendit à son tour son téléphone à bout de bras et pivota à 360 degrés, montrant le pont du bateau, les voiles bordées et la mer.

— Ah ouais, pas mal non plus… et bien plus lumineux qu'ici !

Le paysage maritime dévoilait une véritable palette de nuances allant du vert au bleu avec un ciel ponctué de nuages blancs potelés. Le contraste entre les deux endroits était total et cette vue océanique conforta Mary dans son choix de rejoindre Ronan sur la côte ouest après sa visite urbaine de Glasgow. Ils raccrochèrent en se donnant rendez-vous le lendemain au port d'Oban.

Staffa n'était plus qu'à quelques centaines de mètres du bateau. Colin se pencha à la descente et cria aux passagers restés à l'intérieur :

— Tout le monde sur le pont, il est temps de venir profiter du spectacle !

Le couple de retraités américains et leurs deux filles surgirent sans délai du ventre du navire, ne voulant pas manquer une étape importante du voyage. Le père, Gregg, qui jouait du bodhrán dans un groupe de Boston, avait convié sa famille pour la musique, mais surtout pour découvrir l'île Lewis, la terre de leurs ancêtres. Ils rejoignirent les autres, qui avaient déjà tous le regard braqué à bâbord.

L'île, haute et massive, était comme posée sur la mer.

— Voici la grotte de Fingal, annonça Colin d'un ton presque théâtral.

Les colonnes de basalte surgissaient de l'eau pour s'élancer vers le ciel étaient recouvertes d'une couche de pierres brunes volcaniques de plusieurs mètres d'épaisseur, elle-même coiffée d'un épais tapis verdoyant qui débordait sur les falaises. La vision du site était stupéfiante. Le minéral et le végétal semblaient s'accorder pour donner naissance à une créature à l'allure assoupie.

Au fur et à mesure que le bateau avançait, l'ouverture de la grotte se révélait. Au cœur de la bête, dans une bouche béante, s'engouffraient les vagues venues de l'ouest.

Colin avait posé une enceinte sur le pont et paniota sur son téléphone portable pour y diffuser de la musique. Tous les regards étaient fixés sur Staffa lorsque l'appareil commença à jouer un morceau de musique classique. La mélodie, douce et lente, se fondit parfaitement dans le moment présent, apportant un lyrisme inattendu au paysage.

Était-ce un rituel pour lui de passer cet air à ses passagers à l'approche de Staffa ? Comme si Colin avait entendu l'interrogation de Ronan, il lui glissa à l'oreille :

— À chaque fois que j'arrive à proximité de l'île, je mets ce morceau. *Symphonie n° 3* de Mendelssohn, la symphonie écossaise. C'est l'ouverture des « Hébrides », inspirée de la grotte de Fingal. Ça fait toujours son petit effet... Puis il se tut pour laisser place à la musique.

Le rythme s'accordait à l'ondulation de la légère houle qui allait mourir au loin contre les flancs de l'animal. Soudain, l'entrée de cuivres surprit Ronan. Une puissance latente se développa et prit de l'ampleur. Le crescendo devenu menaçant provoqua chez lui des frissons. Le capitaine restait immobile, accroché à un hauban, le regard tourné vers l'île et un léger sourire sur le visage. Il semblait apprécier pleinement ce moment de la symphonie.

La bête pourrait-elle se réveiller ? Une vague plus forte que les autres pénétra dans la grotte et provoqua un tel vacarme qu'il couvrit presque la musique diffusée par l'enceinte.

Les sons plus légers des instruments à vent succédèrent aux cuivres. Ils arrivèrent au bon moment pour accompagner et illustrer le vol des oiseaux marins qui virevoltaient devant la falaise anthracite. La nature s'unirait-elle au compositeur pour créer une mélodie inédite ? Cette idée plut à Ronan et il regretta de ne pouvoir partager cet instant avec Mary.

Puis vint un passage où les violons étaient si rapides et si puissants que leur son pénétra au plus profond de chacun. L'émotion, presque palpable, fit frissonner les corps et tira des larmes à certains.

Lorsque le morceau se termina, un long silence solennel flotta autour des voyageurs. Personne ne voulut rompre ce moment de grâce où la magie du lieu avait été sublimée par l'œuvre musicale.

Quelques instants plus tard, l'Américaine, le regard émerveillé et les yeux humides, se tourna vers Colin, pleine de reconnaissance.

— Vous avez raison, c'est bien le clou du spectacle. Merci, souffla-t-elle, émue.

Colin adorait ces parenthèses enchantées où la surprise laissait place à l'émerveillement. L'ouverture des « Hébrides » faisait toujours cet effet, sur tous les passagers sans exception. Une ouverture en guise de clôture du voyage, c'était sa façon à lui de fermer la dernière page de l'album des vacances. Il pouvait terminer sa croisière, satisfait.

CHAPITRE 2

Mary avait passé la nuit dans un hôtel du centre-ville et avait pris le premier train pour Oban à la station de Queen Street. La ville de Glasgow baignait toujours dans la nuit lorsque le train avait quitté le quai. Il avait longé un bon moment la Clyde avant de bifurquer plein nord dès les premiers contreforts des Highlands. C'est après l'arrêt de Tarbert que l'Irlandaise prit la mesure des paysages rudes et grandioses de l'Écosse. Le soleil se levait et éclairait de sa lumière rasante les flancs des *munros*, ces montagnes aux formes incurvées, façonnées par les glaciers, caractéristiques de l'Écosse. La végétation verte et le fond des vallées boisées des Lowlands avaient laissé la place aux couleurs brunes et jaunes qui tapissaient les flancs rudes et chauves des montagnes exposées aux vents. Elle eut l'impression de pénétrer dans un autre monde, dans un univers qui ne pouvait exister qu'en ce seul lieu et nulle part ailleurs. Les rails suivaient en grande partie la route principale, un long ruban d'asphalte qui sinuait au cœur des glens. Au fur et à mesure que le train avançait, une montagne différente apparaissait, avec son relief et sa stature unique, comme un individu à part entière. Cette découverte progressive des Highlands lui donna le sentiment d'être accueillie par les membres gigantesques et immobiles d'une véritable famille. Elle les observa avec respect et gratitude à la manière d'une voyageuse reçue en territoire inconnu.

Mary, envoûtée, ne quittait pas des yeux le paysage et le décor qui défilaient. Elle avait prévu un livre très en lien avec son voyage pour meubler les quelques heures de train, mais *La Trilogie écossaise* de Peter May resta dans son sac, car elle ne voulait rien manquer du spectacle qui se déroulait devant elle. De toute façon, elle n'était pas pressée de s'y plonger, elle aurait tout le temps de la déguster sur l'île de Kerrera, et elle s'imagina dans le cottage qui l'attendait, le roman ouvert devant un feu de cheminée.

Le train arriva à Oban peu après 8 heures du matin. Les rails s'arrêtaient net au bout du quai, Oban était bien la destination d'un voyage, un terminus, et pas un endroit où l'on ne fait que passer. Quand elle quitta le hall de la gare, elle découvrit à sa gauche le port de pêche et le quai des ferries de la Caledonian McBrayne, la compagnie qui assurait le lien avec les grandes îles de l'ouest de l'Écosse. Des maisons victoriennes de trois à quatre étages s'étalaient sur le front de mer. Au rez-de-chaussée, commerces et restaurants donnaient sur la longue rue qui surplombait une grève. Tout au bout, face à la mer se trouvait un restaurant dont le toit en bardage rouge pétant se détachait de l'atmosphère grise des nuages et de la mer. Juste à côté, l'imposant Columba hôtel, édifice de pierre rose, trônait sur le port.

La ville se réveillait à peine, la circulation était presque nulle et seuls deux taxis venaient de quitter leur stationnement après avoir pris en charge des passagers.

Elle avait quelques heures à occuper avant que Ronan à bord de l'*Endurance* n'accoste au port. À huit heures du matin, les pubs seraient tous fermés. Un petit-déjeuner dans un hôtel lui ferait du bien, elle pourrait y déposer sa valise pour passer une partie de la journée à découvrir la ville. L'hôtel Columba semblait parfait. Elle emprunta le trottoir du côté mer, bien plus large que celui du côté ville et donc plus adapté pour y tirer sa valise à roulettes. Au pied de la promenade, des vaguelettes venaient lécher les blocs de pierre recouverts d'algues vertes. Du côté ville, les devantures défilèrent, boutiques de souvenirs, de vêtements, *tour operator* d'excursions en mer, pub, pharmacie, banque, quincaillerie... Oban avait vraiment tout ce qu'il fallait. Elle jeta un coup d'œil vers le large. De l'autre côté de la baie, à un peu plus d'un kilomètre, se trouvait l'île de Kerrera. Cet après-midi-là, Ronan et Colin mèneraient le bateau au chantier naval situé à la marina de l'île. L'*Endurance* y subirait un carénage et y passerait tout l'hiver avant d'enchaîner sur une nouvelle saison de navigation dans l'Ouest écossais au printemps suivant. Ronan, qui avait accepté de réaliser lui-même la peinture de la coque, avait réservé un cottage sur le port de Kerrera et Mary se réjouissait à l'avance de goûter au charme de la vie insulaire pendant ce séjour. Elle avait prévu de se reposer et de faire des randonnées. De loin, la vue du relief accidenté ainsi que la couleur verte des collines lui faisaient déjà envie.

Alors que ses pensées étaient braquées sur les jours suivants, une explosion retentit non loin d'elle. Un souffle violent percuta son corps. Par réflexe, elle lâcha sa valise et se jeta au sol face contre terre. Une fois la tourmente passée, elle leva la tête. Un brouillard de poussière se répandait dans la rue et un silence soudain succéda au vacarme. Les vitrines des commerces environnants avaient explosé et du verre jonchait la rue et les trottoirs. Une personne était allongée devant le pub Cuan Mor dont la devanture n'était plus qu'un amas de matériaux déchiquetés. Mary reprit ses esprits, se leva et accourut vers elle. Son visage était ensanglanté, mais elle était consciente.

— Madame, vous m'entendez ?

La jeune femme d'une trentaine d'années, sonnée, ne parvint pas à répondre immédiatement. Ses yeux étaient ouverts, mais dans le vague. Mary eut un moment de panique. Que faire ? Secours, protection du lieu… aider la victime. Elle fit appel à ses lointains souvenirs de cours de secourisme qui dataient de bien longtemps.

Elle attrapa son portable et composa le 112.

— Avez-vous mal quelque part ?

La jeune femme murmura :

— Mon dos, j'ai mal au dos.

Une opératrice décrocha, demanda la raison de l'appel, et Mary expliqua ce qui venait de se passer. On lui indiqua que les secours étaient déclenchés et qu'ils allaient arriver sur place sous peu.

Mary n'avait jamais été confrontée à une telle situation, elle se sentit perdue. D'autres personnes arrivaient, restaient en retrait et semblaient ne pas vouloir s'impliquer. Et cette fille, gisant au sol... que faire pour elle ? Les bribes des gestes nécessaires pour venir en aide revinrent petit à petit. En cas de choc, immobiliser la tête de la victime pour éviter toute lésion au niveau de la nuque. Elle s'agenouilla près de la jeune femme, cala ses coudes au sol et posa les paumes de chaque côté du crâne. Entre-temps, d'autres personnes étaient arrivées et avaient demandé si elles pouvaient aider. Mary demanda à l'une d'elles de surveiller la circulation pour protéger la zone, car la chaussée était toute proche.

— Mon bras, je n'arrive pas à le bouger.

— Restez immobile, les secours vont arriver sous peu.

Mary voyait son visage à l'envers, ce qui lui donnait une vision étrange. Elle y décela de l'incompréhension, puis elle y perçut une certaine lucidité. La jeune femme chercha le regard de Mary, comme si elle voulait y trouver du réconfort. Mary ne se déroba pas, au contraire, compatissante, elle voulait la rassurer.

— Ne vous inquiétez pas, l'ambulance est en route. On va s'occuper de vous.

Mais qu'est-ce qu'elle faisait là ? Plongée au cœur d'un événement improbable dans un lieu où elle n'était jamais venue. Et dire que, si elle avait emprunté le trottoir d'en face une minute avant, elle aurait pu, comme la jeune femme, être soufflée par l'explosion. Le destin se joue à peu de chose. Mary regarda dans l'établissement à travers la façade éventrée.

— Il y a quelqu'un à l'intérieur ?

— Non, j'étais seule. J'ouvrais, dit-elle en économisant ses mots, toujours en fixant Mary dans les yeux.

Mary était extrêmement tendue et stressée par la situation. Ses bras commençaient à être tétanisés par sa position inconfortable. Elle réalisa qu'elle serrait peut-être trop fort la tête de la jeune femme, elle relâcha légèrement la pression de peur de lui faire mal. Elle eut le sentiment que la vie de cette fille tenait entre ses mains, au sens propre comme au figuré. Son regard lui confirma ce qu'elle pensait. Mary était garante de sa vie, une bouée de sauvetage. Elle ressentit un vertige et une responsabilité énorme peser sur elle.

— Comment tu t'appelles ?

— Lucie.

Par moments, elle refermait ses paupières, sans doute pour essayer de contrôler sa douleur. La longue chevelure châtain clair de la jeune femme était légèrement collante par endroits à cause du sang, mais l'hémorragie semblait être de faible ampleur, provoquée par des éclats de verre. Le reste de son corps ne montrait pas de signe superficiel de blessure. Ses jambes étaient mobiles et sa respiration régulière. Au bord de la route, un homme se chargeait d'organiser la circulation.

— Avancez, ne restez pas là, il n'y a rien à voir. Faites place pour les secours !

Au loin, le son d'une sirène approchait. Lucie, qui devait avoir une bonne dizaine d'années de moins qu'elle, plongea profondément ses yeux dans le regard de Mary. Mais ce n'était plus de l'incompréhension que l'Irlandaise y lut, mais de la peur.

— Ne vous inquiétez pas, les secours arrivent, répéta Mary.

L'expression de son visage ne s'apaisait pas et une peur incontrôlable s'empara d'elle. Mary se demanda ce qui pouvait provoquer cette soudaine panique.

L'ambulance se gara et un homme et une femme surgirent du véhicule.

Lucie, toujours accrochée au regard de Mary, murmura un « reste avec moi » à peine audible. Devant l'incompréhension de Mary, elle répéta plus fort :

— Reste avec moi !

Mary sentit ses larmes monter. Le secouriste indiqua qu'il allait placer un collier cervical à la jeune femme, en remplacement de ses mains.

— Ce que vous avez fait est très bien, madame.

— Je veux qu'elle reste avec moi, répéta Lucie au médecin.

— Vous êtes de sa famille ?

— Non, je passais sur le trottoir d'en face.

— Désolé, mais vous ne pouvez pas l'accompagner dans l'ambulance.

En quelques mouvements, les secouristes sécurisèrent la victime, l'installèrent sur le brancard et se déplacèrent à l'arrière du véhicule.

— On a voulu me tuer.

Sa phrase, bien qu'inattendue, ne choqua pas les secouristes, qui empoignèrent le brancard pour le glisser dans l'habitacle.

— Comment ça ? lança Mary, estomaquée, qui n'avait pas envisagé autre chose qu'une explosion accidentelle.

Lucie n'eut pas le temps de répondre.

— Je viendrai à l'hôpital, Lucie, promit-elle.

Les portes arrière de l'ambulance claquèrent et Mary alerta les policiers.

— Vous avez entendu ? Elle dit qu'on a voulu la tuer !

— Ne vous inquiétez pas, madame, elle est entre de bonnes mains. Laissez-nous l'évacuer rapidement, s'il vous plaît. Ne craignez rien, la police est avertie.

Ces mots rassurèrent à peine Mary, qui restait choquée de l'affirmation de la jeune femme. Le véhicule partit en trombe, sirène hurlante, vers l'hôpital d'Oban.

CHAPITRE 3

L'*Endurance* avait passé sa dernière nuit au mouillage devant l'île d'Iona. Les passagers avaient visité l'abbaye pendant que Colin et Ronan étaient restés à bord pour discuter du travail que Ronan devrait réaliser sur le bateau, un nettoyage et la peinture de la coque. Colin, qui avait des obligations familiales, ne pouvait rester pour l'accompagner. Le bateau passerait l'hiver au chantier de Kerrera, son moteur serait révisé et, après l'avoir remis à l'eau fin avril, Colin en reprendrait le commandement pour une nouvelle saison de croisières.

Le vieux gréement effectuait ses dernières heures de navigation dans les eaux écossaises. La mer calme et le vent faible mais régulier donnaient une touche très agréable à l'ultime étape. Les croisiéristes allaient tous regagner leur foyer et cette aventure partagée ne serait bientôt plus qu'un souvenir. Des liens forts s'étaient créés pendant ces huit jours de navigation. Certains allaient se promettre de rester en contact.

Les réseaux sociaux étaient souvent d'une grande aide, mais, une fois rentrés, qui allait vraiment respecter ses engagements ? Les destins se croisaient, les moments passés ensemble étaient appréciés, puis la vie continuait ailleurs avec d'autres visages et d'autres personnes.

Sur le pont, les passagers profitaient de ces ultimes moments pour observer les dernières vues de la côte occidentale. Patrick, un musicien-photographe, avait remballé son reflex dans une grande sacoche noire et pianotait sur son téléphone portable, comme s'il voulait se reconnecter à la civilisation après une longue parenthèse hors du temps. Soudain, son visage prit une expression de gravité. Ronan remarqua son trouble et attendit qu'il s'exprime.

— Une explosion a eu lieu à Oban.

Tout le monde se tourna vers lui en attendant la suite.

— Ce matin.

— À Oban ? répéta un autre homme.

Immédiatement, en pensant à Mary, qui venait d'y arriver, Ronan ressentit une frayeur et ses mains se crispèrent sur la barre.

— Dans un pub du front de mer. Des dégâts matériels et une femme blessée, d'après les nouvelles.

Ronan demanda à Colin de prendre sa place et il s'isola à l'étrave pour contacter Mary. L'appel tomba aussitôt sur sa messagerie. Il essaya deux autres fois, sans résultat, puis revint aux commandes du bateau. Pour éviter que Ronan n'en tire des conclusions trop hâtives, Colin annonça :

— Le réseau téléphonique ici est souvent capricieux. Je peux garder la barre, si tu veux.

Colin sentait l'angoisse de son second.

— Oui, merci.

Ronan laissa passer quelques minutes, puis retenta de joindre Mary sans y parvenir.

— Je vais essayer d'appeler la police, ils pourront peut-être me renseigner.

Colin approuva, puis son regard se porta vers son cap à suivre. Ronan s'isola à nouveau. Il discuta quelques minutes avec son interlocuteur et revint près de Colin, soulagé.

— L'explosion a fait une blessée qui a été transportée à l'hôpital d'Oban. Il s'agirait de la patronne du pub où a eu lieu l'explosion. Pour l'instant, ils ignorent ce qu'il s'est passé.

Après son arrivée mouvementée dans la ville, Mary entra à l'hôtel Columba. On lui proposa un petit-déjeuner complet, mais, encore sous le choc de l'explosion, elle se contenta d'un café, car elle n'avait aucun appétit. Le personnel accepta sans difficulté qu'elle laisse sa valise quelques heures dans l'établissement.

Elle déambula dans la ville, passa près de la distillerie de whisky, puis gravit la colline pour rejoindre l'édifice qui dominait toute la ville. Le monument ressemblait à un colisée de pierre grise. Elle eut confirmation en lisant le panneau qui se trouvait à l'entrée du site. L'édifice avait été construit à la fin du XIXe siècle par un certain John Stuart McCaig, riche philanthrope écossais, admirateur de l'architecture romaine. Le colisée écossais devait bien mesurer une cinquantaine de mètres de diamètre pour une bonne dizaine de mètres de hauteur. Le centre de l'arène était garni d'un espace de pelouse ornementé de plantes et d'arbres. De l'esplanade qui se tenait devant les deux étages d'arches ouvertes sur la ville, Mary observa un long moment le paysage qui donnait sur l'ouest. La vue était panoramique, elle s'étendait du port, juste en contrebas jusqu'à l'île de Mull, au loin, dont le sommet des montagnes était masqué par les nuages. Entre les deux, l'île de Kerrera, posée devant Oban, représentait une protection naturelle aux vents d'ouest. Ses pensées revenaient sans cesse vers l'explosion du matin et vers Lucie. Elle n'espérait qu'une seule chose, que la jeune femme ne soit pas trop gravement blessée. Après plusieurs tentatives, Mary avait réussi à joindre Ronan pour lui faire part des événements. Ronan, soulagé d'entendre sa compagne, n'éprouvait qu'une seule envie, la retrouver sans délai.

À quelques encablures de là, un bateau à deux mâts ornés de voiles blanches naviguait en plein milieu du vaste estuaire de Lorne. L'*Endurance* était en approche, il était temps de descendre au port. La vue du bateau à voiles lui rappela un épisode de la mythologie grecque, la légende de Thésée. Richard, le père de Mary, lui avait offert un beau livre, *La Grèce antique racontée aux enfants,* et aimait le lui lire. Thésée, parti combattre le Minotaure, avait dit à Égée, son père, de guetter son retour. Si son bateau arborait une voile blanche, cela signifiait la victoire, *a contrario*, une voile noire indiquerait la défaite. Égée, posté sur son promontoire, aperçut au loin la voile noire. Dépité, il se jeta dans la mer et périt. Mais il ne pouvait deviner que Thésée avait simplement oublié de changer sa voile. Celles de Ronan étaient bien blanches et Mary s'en réjouit, comme un signe annonciateur des bons moments à venir pour ce séjour écossais.

Elle passa près du pub de Lucie, deux véhicules de police étaient sur place et la devanture avait été cernée de barrières métalliques pour en interdire l'accès. Puis elle arriva au quai nord. De l'autre côté du front de mer, quai sud, le *Clansmans* venait d'appareiller et quittait le quai des ferries, pour rallier l'île de Mull. Il croisa l'*Endurance* au moment où le vieux gréement passait le feu de Kerrera, situé à l'extrémité nord de l'île et qui marquait l'entrée dans le chenal d'Oban. Quelques minutes plus tard, la goélette affala ses voiles à l'approche du port pour continuer au moteur et accoster au quai nord.

Ronan fut le premier à monter l'échelle de quai pour amarrer le bateau. Une fois l'opération achevée, il s'approcha de Mary et la serra longuement dans ses bras. Cela faisait maintenant presque cinq mois qu'ils ne s'étaient pas vus, depuis que Ronan avait commencé la saison avec Colin.

— Enfin, lâcha Ronan. J'avais si hâte de te revoir.

Pour réponse, sa compagne lui rendit d'abord un sourire à mi-chemin entre bonheur et soulagement.

— Oh, moi aussi, si tu savais…

— Tu t'es remise de tes émotions ?

— Je suis encore sous le choc, je crois.

Elle tourna la tête vers le Cuan Mor qu'on distinguait à environ 150 mètres de là. Ronan plissa les yeux.

— Ah ouais, quand même ! fit-il, perplexe, en apercevant le trou béant qui défigurait la façade.

Colin arriva à son tour sur le quai. Ronan fit les présentations, puis il retourna à ses obligations. Le photographe fut le premier à déposer ses sacs sur le quai. Ronan reprit son rôle d'équipier et aida à porter les plus lourdes valises. Une fois tous les passagers descendus, Ronan fit le tour des cabines et des parties communes du bateau pour s'assurer que rien n'avait été oublié et ce fut l'heure des au revoir. L'équipage remercia les voyageurs, qui remercièrent à leur tour l'équipage pour ce périple qui leur en avait mis plein les yeux, « et les oreilles », compléta l'Américaine qui avait été ravie des escales musicales, mais surtout subjuguée par la mise en scène de Colin devant l'île de Staffa.

Chacun se dirigea à son rythme vers la gare qui se trouvait près du quai sud, à trois cents mètres de là.

— Voilà une belle aventure qui s'achève, fit Colin, un brin nostalgique. Pas tout à fait pour toi, tu vas encore passer un petit moment à t'occuper de la vieille dame !

— Ouais, avec grand plaisir ! Je vais la bichonner, ta lady.

Ronan regarda sa montre.

— Il est temps d'y aller, la marée n'attend pas, faudrait pas qu'on échoue cette valeureuse vieille dame sur un banc de sable.

— Juste un moment, demanda Mary. Il faut que je récupère ma valise à l'hôtel.

La traversée jusqu'à l'île de Kerrera fut rapide. Colin mena le bateau au moteur jusqu'à la marina, car hisser les voiles pour une distance si courte était inutile. L'anse d'Ardantrive abritait une marina faite de quatre pontons pouvant accueillir une bonne cinquantaine de bateaux. Sur le quai en béton, un type leur fit des signes et Colin suivit les instructions qu'il mimait pour le diriger derrière un quai en béton. Ronan, par précaution, avait déjà positionné des pare-battage contre la coque du bateau. Le gars d'une bonne quarantaine d'années annonça :

— *Hello, guys!* On va le monter tout de suite, il y a encore suffisamment d'eau.

L'*Endurance* était attendue et, déjà, l'élévateur à bateaux, piloté par un employé du chantier, était positionné au-dessus de l'espace destiné à sortir les bateaux, sangles immergées.

Colin descendit du bateau et serra la main du gars.

— Gordon Ross, se présenta le patron au fin collier de barbe tirant sur le roux.

— Colin Bray. Ravi de faire enfin ta connaissance, après ces nombreux échanges au téléphone. Ronan Kerloch, mon équipier, et voici Mary, sa compagne.

Ils se saluèrent à distance.

— Mike va se charger de remonter votre bateau.

L'employé, les commandes accrochées autour du cou, leva le pouce en l'air.

Colin retourna à bord, positionna la goélette entre les deux quais en béton au-dessus desquels les arches jaunes et blanches de l'élévateur se dressaient. Ronan et Mary descendirent alors que Mike ajustait les sangles. Il actionna un bouton des commandes, les courroies se raidirent, épousèrent la forme de la coque et le bateau monta. Lorsque la quille apparut, l'élévateur se déplaça pour se diriger vers un terre-plein où étaient stockés de nombreux bateaux. Colin et Ronan aidèrent Gordon à positionner les bers sous la coque. Le bateau descendit, la quille prit appui sur le tin[1], puis ils ôtèrent les sangles.

— Voilà, votre navire est en bonne place pour passer l'hiver, bien à l'abri derrière le hangar.

1. Tin : pièce de bois utilisée pour soutenir la quille d'un navire à sec

Le chantier et toute la marina de Kerrera étaient en effet dominés par une colline verdoyante qui s'étirait du nord-est au sud-ouest et les protégeait des vents dominants. Ronan approcha du hangar principal, attiré par le bruit strident de machines qui s'en échappait. Il jeta un coup d'œil par la large double porte ouverte, un imposant voilier y était entreposé.

— Je te ferai voir tout ça demain, annonça Gordon, un peu pressé. C'est un *zulu*, un bateau traditionnel écossais, en cours de rénovation. Ils sont trois à bosser dessus, dont un Breton, d'ailleurs !

Ronan acquiesça et retourna à bord du bateau pour vérifier que tout était en ordre.

Mary avait observé la mise à sec, mais elle n'attendait qu'une chose, aller au cottage qui se trouvait à une centaine de mètres de là, y déposer sa valise et s'installer dans un confortable fauteuil.

— Maintenant que tout est clair, je vais m'installer, dit-elle à Ronan.

— Bien sûr, à tout à l'heure.

— Jenny y était ce matin, tout est prêt et la clé est sur la porte. Vous êtes chez vous ! annonça Gordon.

Le couple Ross était incontournable à Ardantrive. Non seulement ils étaient propriétaires du chantier naval, mais aussi du pub, du Fern Hill cottage et de la maison voisine du pub où ils habitaient avec leur fille. Ils assuraient aussi la gestion de la marina.

Mary le remercia, attrapa sa valise et quitta le port. Elle passa devant le pub et vit une femme la regarder derrière une fenêtre. Un instant plus tard, la porte s'ouvrit.

— Bonjour, je suis Jenny, la propriétaire du cottage. Vous devez être Mary ?

— Oui, enchantée, Jenny.

— Vous pouvez vous installer, la maison n'attend que vous et le bois n'attend plus qu'une allumette, si vous voulez une flambée.

— Merci beaucoup, c'est une très bonne idée !

Une petite tête apparut timidement derrière Jenny.

— Tessa, dis bonjour à Mary, notre voisine pour quelques jours.

— Bonjour, Tessa.

La petite fille secoua brièvement un ours blanc et disparut dans la pièce sans dire un mot.

— Une sauvage, s'amusa sa mère. S'il vous manque quelque chose, faites signe, OK ? Je vous verrai plus tard, ici, tout le monde se croise plusieurs fois par jour. Nous ne sommes pas très nombreux sur l'île, vous savez.

Mary continua son chemin et, quelques instants plus tard, elle se trouvait devant le cottage. Un panneau en bois peint à la main était fixé près de la porte, Fern Hill. Elle pénétra dans la maison, posa sa valise dans l'entrée et fit le tour des deux pièces principales du rez-de-chaussée, une cuisine ouverte sur un salon-séjour. Elle ouvrit la double porte vitrée qui donnait sur une terrasse et admira le panorama. À droite, de l'autre côté du bras de mer se trouvait Oban. Face à Mary, une superbe villa contemporaine trônait sur une petite île. Plus à gauche, une colline escarpée dévoilait une sorte d'obélisque à son sommet et, en contrebas, la marina, ses infrastructures et le pub. Une petite grève apparaissait juste devant la maison. *Voilà de quoi passer une semaine idéale*, se réjouit l'Irlandaise. Son regard s'attarda sur Oban et ses pensées retournèrent vers

Lucie. Était-elle gravement blessée ? Ne pas savoir la contrariait terriblement.

Mary découvrit sur la table de la cuisine une boîte de thé et un paquet de biscuits écossais, disposés à côté d'un mot de bienvenue écrit à la main. *West tea, le meilleur de Kerrera dans votre tasse* était indiqué sur l'emballage. Elle trouva l'attention très accueillante. Elle monta à l'étage, choisit la chambre qui lui plaisait le plus, y posa sa valise et commença à ranger ses vêtements dans un placard et ses affaires de toilettes dans la salle de bains attenante. *Reste avec moi*, cette phrase résonnait encore dans son esprit. *On a voulu me tuer* lui faisait l'effet d'un coup dans le ventre.

Elle entendit la porte d'entrée s'ouvrir et des bruits de pas.

— J'ai invité Colin à passer la soirée avec nous, il prend le train demain pour Glasgow. Ça ne te dérange pas, il y a bien deux chambres, non ?

— Oui, bonne idée.

— Je vais chercher de quoi manger à la ferme d'à côté, ils ont tout ce qu'il faut, m'a dit Gordon. Ils élèvent des porcs, de la volaille, et cultivent tout un tas de légumes.

— Parfait !

La porte se referma.

Une demi-heure plus tard, Ronan déposa son carton de victuailles sur la table de la cuisine et rejoignit Mary à l'extérieur. Elle était allongée sur un transat face à la mer, enroulée dans un plaid. Le soleil se couchait et, en cette mi-septembre, les soirées commençaient à être fraîches. Ronan embrassa ses cheveux et sentit immédiatement son malaise.

— Ça ne va pas ?

— Je n'arrête pas de penser à Lucie, la fille du pub.

— Tu t'inquiètes pour elle.

— Tu te rends compte, elle m'a dit qu'on avait voulu la tuer.

— Elle est entre de bonnes mains, Mary. Et puis, si jamais cette explosion est criminelle, la police est sur le coup, non ?

— Tu as sûrement raison.

Mary prépara la viande que Ronan avait achetée, un rôti de porc de la ferme, qu'elle mit à cuire dans une cocotte avec des oignons et des pommes de terre. Rien que du local, ce plat allait plaire à tous.

Elle sortit dans le jardin piocher du persil qu'elle avait repéré dans un carré d'herbes aromatiques. Un bateau arrivait à grande vitesse d'Oban. À bord se trouvait une femme aux longs cheveux blonds qui flottaient au vent. L'embarcation était un petit bateau de couleur marron au moteur inboard qui émettait une sorte de ronronnement. Le vernis de la coque et le chrome entourant le pare-brise qui brillaient sous les rayons du soleil couchant lui donnaient l'aspect d'un véritable bijou. La pilote, assise sur une banquette, conduisait l'engin à la manière d'une voiture de luxe. Elle coupa les gaz à l'approche du port, puis elle tourna le volant à droite pour accoster au ponton de l'îlot, face à la marina. Mary cherchait comment s'appelait ce type de bateau qu'on voyait plus en Italie que sur les côtes britanniques ou écossaises. Runaboat, c'était bien ça, un runaboat très classe.

Colin arriva et tous les trois prirent un verre de vin blanc autour de la petite table en bois sur la terrasse. Mary n'arrivait toujours pas à être joyeuse même si tout lui plaisait : l'environnement insulaire, le calme et la beauté du littoral écossais.

Alors qu'elle remuait les pommes de terre dans la marmite en fonte, Ronan arriva derrière elle et perçut sa préoccupation. Il la prit par les épaules et lui dit à l'oreille :

— Et si tu appelais l'hôpital pour avoir des nouvelles de Lucie ?

— Mais oui, tu as raison.

Un sourire s'afficha sur son visage.

— Si on accepte de m'en donner.

— Essaie.

Ronan retourna à l'extérieur et Mary chercha le numéro sur son portable. Quelques minutes plus tard, elle réapparut sur la terrasse, le cœur plus léger.

— Elle va bien. On ne m'a pas donné de détails, secret médical oblige, mais elle est hors de danger. On m'a dit de me présenter à l'accueil si je voulais lui rendre visite.

— Super, allez, on passe à table ? Je sens qu'on va se plaire ici, dit Ronan, enjoué. On a la mer, les collines et des gens qui ont l'air sympa, non ?

— Cette île semble très chouette, en effet, confirma Colin.

Mary commença à servir le plat.

Ils passèrent une soirée agréable et le feu de cheminée qui crépitait dans la pièce donna au séjour une chaleur très appréciable. Tous les trois étaient fatigués et se couchèrent tôt. Les émotions de Mary l'avaient beaucoup éprouvée et les deux marins de retour de navigation n'attendaient qu'une chose, trouver un lit confortable et stable.

CHAPITRE 4

Le soleil se levait à peine lorsque Ronan descendit à la cuisine. Mary, attablée devant un bol de café, avait la mine défaite.

— Je n'ai pas fermé l'œil de la nuit.

— Ouais, je t'ai entendue t'agiter.

— J'ai fait un cauchemar. C'était si réaliste et si violent que j'en suis encore sous le choc.

— Lucie ? demanda-t-il en attrapant la cafetière.

Elle hocha la tête. Il se servit et s'assit.

— Lucie courait dans une rue, la nuit, poursuivie par des types. Elle criait et, moi, j'étais sur le seuil d'une maison, j'essayais de l'appeler pour qu'elle vienne se cacher avec moi, mais pas un son ne sortait de ma bouche. Elle tombait au sol, ils se ruaient sur elle et la frappaient à grands coups de pieds. C'était horrible…

— Ce n'est qu'un cauchemar, Mary. Tu vas vite l'oublier.

Colin arriva à son tour et s'assit à la table du petit-déjeuner.

Une heure plus tard, ils quittèrent le cottage et se rendirent à la marina pour prendre la navette de 8 h 25, pilotée par Gordon. Ils débarquèrent au quai nord. Le taxi qu'ils avaient commandé les prit en charge près de l'hôtel Columbus et déposa Colin quelques instants plus tard devant la gare.

— Bon retour chez toi, lui dit Ronan en même temps qu'une accolade amicale.

— Merci, prenez soin de vous. Et si tu es partant pour une deuxième saison sur l'*Endurance*, sache que tu es le bienvenu, OK ?

— Je vais y réfléchir, répondit Ronan sans s'avancer.

Ronan avait été sollicité pour rapatrier un yacht à la mi-octobre de Malte aux Pays-Bas, mais ignorait encore où il se trouverait à la fin de l'hiver.

Colin entra dans le hall de la gare et le couple regagna le taxi qui prit la direction de l'hôpital de Lorne et des Îles qui se situait sur les hauteurs sud d'Oban.

Le couple entra par une porte vitrée coulissante et Mary s'adressa à la jeune femme de l'accueil.

— Bonjour, je voudrais voir Lucie Sinclair, elle a été admise hier matin.

La jeune femme ne put cacher son embarras. Elle regarda sa collègue qui, remarquant sa contrariété, se leva et s'approcha.

— Madame ?

— Je souhaite voir Lucie Sinclair, répéta-t-elle. On m'a dit hier que je pourrais sans doute la voir.

— Vous êtes de sa famille ?

— Non. Mais j'ai appelé hier soir pour prendre de ses nouvelles. Je viens juste lui dire bonjour. Il y a un problème ?

La femme chercha ses mots.

— Écoutez, madame, il est arrivé un… problème. Mademoiselle Sinclair est décédée cette nuit.

Mary reçut ces mots comme une gifle.

— Quoi ?

— Oui, elle est décédée, je suis désolée.

— Mais… ce n'est pas possible ? On m'a dit hier qu'elle allait bien.

Les larmes lui montaient aux yeux.

— Que s'est-il passé ?

— Je ne peux rien vous dire de plus, je le crains, dit-elle d'un ton plus ferme qui indiquait qu'il était inutile d'insister.

Ronan la prit par l'épaule et ils s'éloignèrent du comptoir. Mary échafauda des hypothèses. Les médecins n'avaient-ils pas pris toute la gravité de ses blessures ? Une opération avait-elle mal tourné, une complication inattendue ?

Une double porte à battant s'ouvrit au fond du couloir et un homme et une femme en uniforme de police sortirent brusquement en discutant. D'un pas décidé, ils se dirigèrent vers la sortie. Ronan fixa le type âgé d'une petite soixantaine, certain de l'avoir déjà vu quelque part.

— Il faut examiner les images des caméras de l'hôpital et interroger tous les employés présents cette nuit dans le service.

La jeune femme acquiesça. Le gars remarqua le regard de Ronan et ralentit l'allure.

— Bonjour, Andrew, tenta le Breton.

L'homme s'arrêta et répondit d'un ton surpris.

— Bonjour, on se connaît ?

— Je pense qu'on s'est déjà rencontrés, non ?

L'homme hocha vaguement la tête, pas sûr de lui, mais ne voulant pas vexer son interlocuteur. Ronan précisa :

— Vous avez navigué dans les Cyclades il y a quelques années ? Andrew Steward, si je me souviens bien ?

— Mais oui !

Après un bref moment, il ajouta :

— Bien sûr, vous avez porté assistance à notre voilier, nous avions cassé notre barre et un vent terrible nous poussait vers les roches. C'était près de l'île de Naxos. Incroyable ! Quelle mémoire vous avez ! C'était l'été 2017, non, 2018, nous étions en croisière avec des amis. Rappelez-moi votre prénom…

— Ronan.

— Oui, Ronan ! Je me souviens vous avoir donné mon numéro de téléphone.

— Que j'ai égaré.

— Mais que faites-vous ici, Ronan ?

— Ma compagne débarquait du train hier matin, lorsqu'une explosion a retenti en ville pas très loin d'elle.

— Vous avez été blessée ? dit-il en s'adressant à Mary.

— Non, mais j'ai porté secours à une jeune femme. Je voulais prendre de ses nouvelles, mais nous venons d'apprendre qu'elle est décédée.

— Ah, c'est vous la personne que les secours m'ont décrite. Vous étiez déjà partie lorsque mon équipe est arrivée sur place.

Il resta un instant silencieux, puis son regard se fit plus grave.

— Ronan, je vous ai donné mon numéro il y a cinq ans, mais je ne vous ai pas dit que j'étais policier. Je suis inspecteur-chef, responsable du secteur d'Oban, des îles et d'une partie de l'Argyll. Venez, suivez-moi, dit-il en voulant s'isoler du public.

Ils quittèrent l'entrée des urgences et suivirent Andrew sur le parking.

— Lucie Sinclair est morte pendant la nuit.

— Elle a été gravement blessée dans l'explosion ? s'étonna Mary. On m'a pourtant dit au téléphone qu'elle était hors de danger.

Le policier était mal à l'aise.

— On l'a assassinée, dit-il à voix basse.

— Assassinée ? Ici, dans un hôpital ?

Andrew hocha la tête.

— Étranglée dans son lit.

Mary baissa la tête, dégoûtée.

— Quand je suis arrivée devant le pub dévasté, j'ai tout de suite pensé que c'était un accident, qu'une bouteille de gaz avait explosé en cuisine, enfin, ce genre de truc… mais, lorsque j'étais avec elle, elle m'a dit qu'on avait voulu la tuer ! Et les secouristes n'ont pas paru l'écouter.

— Non, vous vous trompez, ils nous ont informés de ses paroles. Mais hier matin, au moment de l'explosion, presque tous nos effectifs étaient sur une grosse intervention, un cambriolage à Fort William. Il n'y avait que deux policiers de permanence au poste. Ils ont protégé la zone de l'explosion, mais c'est tout ce qu'ils ont pu faire. Notre intervention à Fort William a duré presque toute la nuit et je suis venu avec mon adjointe tôt ce matin, mais Lucie était déjà morte.

Mary fulminait intérieurement. Comment une femme qui se sentait en danger n'avait-elle pas pu être protégée ? Comme si Andrew devinait les pensées de Mary, il ajouta :

— Nous aurions dû détacher un agent en protection devant sa chambre. Mais hier soir, nous étions tous tellement sur les nerfs et crevés que nous… que je n'ai pas eu assez de lucidité, avoua Andrew, l'air grave. Croyez-moi, je le regrette profondément.

La jeune femme qui l'accompagnait arriva avec un téléphone à la main.

— Chef, un appel pour vous.

Andrew Steward prit le mobile et, avant de parler à l'interlocuteur, il demanda à Ronan et Mary :

— Pouvez-vous passer au poste de police en début d'après-midi ?

— On y sera, dit Ronan.

Le couple descendit à pied jusqu'au port. Ils arpentèrent les quais du port de pêche, quelques petits chalutiers y étaient amarrés. Ils entrèrent dans le bâtiment jouxtant le quai et s'installèrent au Olive Garden pour déjeuner. Tous deux se décidèrent pour la spécialité de la maison, les moules à la crème, mais Mary n'avait pas grand appétit.

— J'aurais dû appeler la police et insister sur ce que Lucie m'avait dit.

— Ce n'est pas ta faute, tu n'as rien à voir avec ça.

Ronan essayait d'être le plus convaincant possible. Pour lui, il n'était pas question que Mary prenne une quelconque responsabilité dans un meurtre qui ne la regardait pas.

— Tu ne comprends pas. Je n'y suis pour rien en effet, mais je suis impliquée. Cette fille m'a regardée avec confiance, comme si j'étais garante d'elle. Je tenais sa tête, c'est comme si j'avais sa vie entre mes mains… et elle est morte. Pourquoi ? lança-t-elle, les yeux remplis de larmes.

— Je comprends ton malaise, mais je trouve que tu exagères. Ce que tu as fait était parfait, le secouriste te l'a dit, non ? Tu ne devrais pas culpabiliser. D'ailleurs, l'inspecteur de police a admis ne pas avoir pris de mesures pour la protéger, c'est lui qui est responsable, pas toi. Et à mon avis, il s'en veut énormément. Tu as entendu le ton de sa voix lorsqu'il en a parlé ?

Mary ne semblait pas comprendre les arguments de Ronan.

— Elle m'a dit : reste avec moi. Si ce que j'ai fait avait été parfait, Lucie serait toujours en vie.

Ronan et Mary marchèrent jusqu'au poste de police qui se trouvait à 300 mètres dans Albany Street, juste derrière le port et la gare. Andrew les reçut dans son bureau, qui était au fond d'un couloir juste après l'accueil. Il avait mauvaise mine et en était conscient.

— Cambriolage d'un supermarché dans la nuit, explosion hier matin, je n'ai jamais connu Oban et sa région de cette façon et, pourtant, j'en ai vu des choses pas clean en vingt-huit ans de service… Je vous en prie, asseyez-vous, dit-il en indiquant les deux chaises face au bureau. Mais vous, comment allez-vous depuis ce drame ? Madame…

— Mary Brennan. Pas très bien. J'ai l'impression de ne pas avoir réussi à sauver Lucie et, ça, je n'arrive pas à le digérer.

— Vous connaissiez Lucie Sinclair ?

— Pas du tout, mais pendant l'attente des secours, croyez-moi que j'ai eu la sensation que beaucoup de choses étaient passées entre nous.

Elle fit une pause et reprit :

— Et puis, avant qu'on l'emmène à l'hôpital, elle m'a demandé de rester avec elle. Les secouristes ont refusé, alors je lui ai promis de venir la voir à l'hôpital.

L'inspecteur baissa légèrement la tête et griffonnait machinalement une feuille de son carnet. Un sentiment de culpabilité l'envahit, mais il essaya de le masquer.

— Lucie était très appréciée à Oban, elle était investie dans la vie de la paroisse et, en tant que patronne de pub, elle était connue de beaucoup d'habitants. Elle n'avait qu'un frère. Je l'ai reçu ce matin, il est dévasté.

— Vous avez une idée de qui peut lui en vouloir ?

Andrew secoua la tête.

— Tout a commencé par une lettre anonyme, puis elle a affirmé avoir été suivie en voiture, et il y a à peine un mois, la vitrine de son pub a été brisée par un bloc de pierre.

— Et on peut savoir ce que disait la lettre ? demanda Mary.

Ronan se dit qu'elle abusait. Andrew réfléchit un instant, avait-il le droit d'en parler ? Il ouvrit un dossier qui se trouvait dans le tiroir de son bureau. Il manipula quelques feuilles et lut :

— *Les salauds finissent toujours par payer, ce n'est qu'une question de justice*, voilà ce qui était écrit sur un bout de papier qu'on a glissé dans la boîte aux lettres de son pub. Lucie ignorait à quoi ces mots faisaient allusion. Elle pensait qu'il y avait erreur sur la personne, car elle affirmait n'avoir jamais fait de mal autour d'elle et, à ce propos, je n'ai eu aucun problème pour la croire.

Il fit une pause.

— Lucie Sinclair habitait sur l'île de Kerrera.

— Ah oui ? C'est là que nous sommes installés, précisa Mary. Nous louons un cottage au port d'Ardantrive.

— Chez Gordon et Jenny Ross ?

— Oui, je viens d'entreposer au chantier le bateau sur lequel j'ai navigué tout l'été. J'ai quelques travaux de peinture à faire, ça nous donne l'occasion de passer un peu de temps sur l'île.

— Vous y serez comme au paradis.

Puis son expression se fit plus grave.

— Lucie habitait la maison la plus proche du cottage des Ross.

— La maison d'à côté, dont la façade est tournée vers Oban ? demanda Mary, incrédule.

— Tout à fait. Mais ce n'est pas tout. Une autre personne, qui vit près de chez Lucie, a elle aussi reçu un courrier anonyme. Elle habite Rudh-a-Chruidh, l'îlot qui se trouve face au port d'Ardantrive et donc face au cottage que vous louez.

— La belle maison aux grandes baies vitrées ?

— Tout à fait.

— Hier soir, j'ai vu une femme à bord d'un luxueux bateau accoster au ponton.

— Il s'agit de Patricia MacDonald. Elle a un bateau très original, un runabout Riva. Un petit bijou… Le type de bateau qu'on voyait plutôt dans les années 60 sur la Riviera méditerranéenne avec des stars de cinéma à bord. C'est une musicienne reconnue, elle est violoncelliste dans l'orchestre national royal d'Écosse, basé à Glasgow, mais aussi héritière de la seule mine d'or écossaise qui se trouve dans les Highlands. On lui intime d'arrêter l'exploitation de sa mine, sinon elle s'expose à des représailles.

— Ces deux femmes, voisines, ont toutes les deux reçu des menaces ? s'étonna Mary.

— J'ignore s'il y a un lien entre ces deux lettres, mais j'en doute. Je ne vois rien de commun entre Lucie et Patricia.

— Elle faisait peut-être partie des opposants à la mine ?

— Je ne pense pas. Lucie était quelqu'un de – comment dire ? – un peu BCBG, protestante pratiquante et un peu traditionaliste, dit Andrew qui cherchait ses mots. Je ne veux pas cataloguer les gens, mais elle était très loin de ces milieux altermondialistes et revendicateurs, si vous voyez ce que je veux dire.

On frappa et la porte s'ouvrit immédiatement. La policière que Mary et Ronan avaient vue à l'hôpital et sur le port apparut.

— Je ne vous ai pas présenté mon adjointe ce matin, Emmy Somerville, dit-il au couple qui la salua d'un regard. Des nouvelles, Emmy ?

— Le personnel de l'hôpital n'a rien remarqué de suspect. Il y avait bien des agents de nuit, mais pour eux, c'était une nuit calme. D'ailleurs, ils s'en veulent de n'avoir rien vu. Mark est en train de visionner les images des caméras, on vous tient au courant, chef.

— Bien, merci, Emmy.

La jeune femme les salua de la main et disparut du bureau.

Qui pouvait en vouloir à Lucie Sinclair et à Patricia MacDonald ? Y avait-il un point commun entre les deux femmes ? L'entretien s'acheva sur une multitude d'interrogations, et Mary ressentit l'envie d'en savoir plus sur Lucie.

Andrew proposa de ramener Ronan et Mary au port, car il se rendait chez sa fille qui y tenait une boutique. Ils montèrent dans la Ford, traversèrent le centre-ville et passèrent sur le front de mer devant le pub éventré. Puis le véhicule tourna à gauche et se gara devant une vitrine où était inscrit *Le Cercle sacré, tatouages-piercings*. Une jeune femme brune était à la porte en train de vapoter, un sourire s'afficha à son visage lorsqu'elle aperçut son père. Ses avant-bras et la base de son cou laissaient apparaître des tatouages multicolores et son visage de nombreux piercings.

— Ravie de te voir, papa, dit Lisa, l'air pourtant triste. Tes collègues sont venus m'interroger.

Elle lança un regard sur le Cuan Mor, à cent mètres de là, où des policiers réalisaient des prélèvements.

— Je te présente Mary et Ronan, un couple franco-irlandais qui passe quelques jours à Kerrera. Lisa, ma fille. Mary était là au moment de l'explosion et elle a porté secours à Lucie.

— Enchantée, fit Lisa.

Un barbu d'une trentaine d'années apparut derrière elle.

— Et voici Runar.

Le grand gaillard, percé et tatoué lui aussi, leur tendit la main à son tour.

— Il est arrivé quelque chose de grave, annonça-t-il à sa fille.

— Ça, je sais, fit-elle en regardant le pub.

Andrew l'interrompit.

— Non, autre chose de plus grave. Lucie est morte cette nuit. On l'a assassinée.

— Quoi ?

Lisa et Runar étaient stupéfaits.

— Cette explosion n'était pas un accident.

— Tu es en train de me dire qu'on a placé une bombe dans le pub et que quelqu'un est venu achever cette pauvre Lucie dans son lit d'hôpital ? Ici, à Oban ? dit-elle, décomposée.

— Exactement, on l'a étranglée.

Ces mots firent mal à Mary. À croire qu'elle n'avait pas encore tout à fait réalisé que la jeune femme venait d'être assassinée.

— Putain… c'est quoi, ce bordel ? lâcha Runar.

— Qui pouvait bien en vouloir à Lucie ? dit-elle en regardant son père. C'est dingue, ça.

Son regard se posa sur la devanture du pub de Lucie et une expression entre dégoût et douleur s'afficha sur son visage.

— On est en train d'analyser les images des caméras. On y voit peut-être quelque chose, dit Andrew en levant la tête vers la caméra fixée à l'angle de la rue.

Elle fit une pause et se plongea dans ses souvenirs.

— Lucie était venue me voir il y a quelques jours. Je l'ai dit à ta collègue Emmy. Elle voulait se faire tatouer avant de partir.

— Avant de partir ? demanda son père.

— Elle avait pour projet de quitter Oban pour rejoindre quelqu'un en Australie. On a parlé de dessins aborigènes, qui sont très riches, mais elle voulait un symbole celtique, quelque chose qui marquerait son identité écossaise.

— Elle aimait aussi certains de mes tatouages islandais comme mon *vegvísir*, c'est une sorte de boussole viking, précisa Runar en montrant le symbole à huit branches sur son avant-bras gauche, mais elle voulait du celtique, en effet.

— Son frère devait être au courant de son projet de départ, non ?

— Il ne l'a pas dit, répondit le policier.

— Elle est... elle était très amie avec Kate, tu sais, la fille du plombier de Ganavan, elle devait être au courant, non ?

— Sûrement, acquiesça Andrew.

Ronan avait le regard braqué sur le commerce voisin des tatoueurs, une bijouterie. En haut de la vitrine était écrit en lettres adhésives : *Ici, bijoux 100 % en or d'Écosse*. Juste en dessous s'étalaient des inscriptions écrites à la bombe de peinture qu'on avait voulu effacer. Mais ils étaient toujours bien lisibles. *Non à la mine d'or ! Pollution, montagne défigurée, l'or écossais vous rend laid !*

Andrew lança le sujet.

— Le bijoutier installé là fabrique tous ses bijoux avec l'or de la mine de Madame MacDonald, la femme dont je vous ai parlé tout à l'heure. Il en a fait une spécialité locale, qui comme vous pouvez le voir, ne fait pas l'unanimité ici.

— Cela pose un problème, en effet, dit Mary. La mine est une activité polluante, et utiliser ses extractions pour en faire des ornements, c'est un peu contradictoire, non ?

— Exactement, compléta Runar. Comment peut-on porter un bijou alors que sa fabrication a contribué à dégrader la nature ?

Lisa abonda :

— C'est vrai, la destruction de l'environnement ne peut pas être à l'origine de l'embellissement d'une personne.

— Hop, hop, hop ! Je vous arrête tout de suite dans votre sujet de philo. Ce que vous dites est peut-être juste, mais ce n'est pas une raison pour s'en prendre aux biens d'un commerçant, et ça ne justifie pas qu'on menace des personnes, précisa Andrew.

— Moi, je préfère dessiner sur les corps, dit Lisa. Je trouve que c'est un acte beaucoup plus fort et réfléchi, qui n'a rien à voir avec un étalage de pacotille.

— Je pensais qu'Oban était une petite ville tranquille, s'étonna Ronan.

— Tout à fait calme en temps ordinaire. Nous avons bien quelques rixes, des vols ou infractions au Code de la route, mais, en ce moment, je ne reconnais plus ma ville. Dégradations, cambriolage, attentat et assassinat, ce n'est vraiment pas notre quotidien, avoua Andrew, visiblement affecté.

Ronan et Mary quittèrent Andrew, Lisa et Runar pour retourner sur l'île de Kerrera. La vedette de Gordon quitta le quai nord et, une dizaine de minutes plus tard, elle s'amarra au ponton juste devant le pub.

Ronan passa la fin de l'après-midi au chantier. Il lava la coque de l'*Endurance* au jet à haute pression. Les algues qui recouvraient une partie du bois se décolèrent facilement et, après un coup de ponçage, il pourrait attaquer la peinture.

Mary, elle, passa au pub avant de rentrer au cottage. Jenny venait de servir des boissons à une famille qui se trouvait sur la terrasse.

— Bonjour, Mary, comment allez-vous, tout se passe bien au cottage ?

— Bonjour, Jenny, tout va bien, la maison est très confortable.

— Vous voulez boire quelque chose, qu'est-ce qui vous ferait plaisir ?

— Un chocolat chaud serait parfait ! dit-elle en s'asseyant devant la vitre qui donnait sur le port.

Jenny s'affaira derrière le comptoir.

— Alors, qu'avez-vous l'intention de faire sur l'île ?

— De belles randonnées, sûrement, un peu de lecture et beaucoup de repos, enfin, je l'espère.

Jenny avait repéré les réserves qu'elle avait mises dans son intonation et sentit qu'elle était contrariée.

— Quelque chose ne va pas comme vous voulez ?

Elle apporta la tasse de cacao fumante, accompagnée d'un biscuit sablé.

— Je ne m'attendais pas à de tels événements.

Jenny l'interrogea du regard et elle précisa.

— Je suis arrivée à Oban pile au moment de l'explosion du pub, j'ai secouru la jeune femme qui était blessée et, ce matin, en allant prendre de ses nouvelles à l'hôpital, on nous a annoncé qu'elle avait été assassinée. Lucie est votre voisine, non ? Le policier nous a appris qu'elle vivait ici.

— Quoi, comment ça, Lucie est morte ? Assassinée ?

Encore une fois, ce mot provoqua en Mary une douleur profonde.

— Oui, Lucie vivait dans la maison toute proche de votre cottage, une fille charmante.

Elle résuma ce qu'elle avait appris d'Andrew. Jenny était sous le choc.

— Je ne comprends pas, s'indigna-t-elle. Mais qui peut bien vouloir du mal ? Son frère vit aussi sur l'île. Il a monté un élevage de saumons du côté ouest, et habite juste en face de ses cages, c'est à environ un kilomètre d'ici. Pauvre William, il doit être complètement anéanti. Ils s'entendaient bien tous les deux et n'avaient pas de famille proche. Elle était tout pour lui.

— Vous connaissez bien la famille ?

— Je suis d'Oban et j'ai bien huit ou neuf ans de plus que Lucie, mais tout le monde se connaît ici. Mon Dieu ! lâcha-t-elle, toujours choquée.

Elle se servit un grand verre d'eau et en but la moitié d'une traite.

— Elle venait souvent boire un verre ou manger un morceau, parfois avec son frère.

— Ils n'avaient plus leurs parents ?

— Non, le père est mort il y a déjà longtemps lorsque la famille habitait Glasgow. Ils se sont installés dans la grande maison près de votre cottage. Sa maman, Suzy, était originaire d'ici, elle est décédée quelques années plus tard. Lucie et son frère ont hérité de la maison et d'une belle somme d'argent. Le père Sinclair dirigeait un chantier de construction navale près de Glasgow, il avait plutôt bien réussi sa vie. Cette industrie a connu ses heures de gloire, mais a périclité à la fin des années 1980 et Glasgow a sombré dans la récession et les difficultés économiques et sociales. Mais ça appartient au passé, tout ça.

— Lucie et son frère sont restés vivre ici ?

— William a d'abord travaillé pour une grosse compagnie de production de saumons sur le loch Leven, pas très loin d'ici, avant de créer son propre élevage à Kerrera. Lucie, elle, était employée au Cuan Mor et elle a repris la suite après le départ en retraite du gérant.

Elle se plongea dans ses pensées.

— Il faut que j'appelle Kate, sa meilleure amie. Elle ignore peut-être que Lucie est morte. Elle vit désormais à Fort William et travaille dans une boutique de chaussures.

Mary soupira involontairement et Jenny devina le fort malaise qui l'habitait.

— Vous êtes très affectée par tout ça.

— J'en suis profondément touchée, oui. Comme si je me sentais redevable de Lucie, alors que je ne la connaissais même pas. Ronan me dit d'essayer de me détacher de cet événement, mais je n'y arrive pas. Au contraire, je ne souhaite qu'une chose, qu'on lui rende justice, qu'on sache pourquoi elle est morte.

— Je comprends que vous en soyez touchée, mais Ronan a raison, cette histoire n'est pas la vôtre… Vous feriez mieux de penser à autre chose et de laisser faire la police. Ils vont bien trouver qui a fait ça, dit-elle, visiblement confiante.

— Je l'espère bien. Vous m'avez bien dit un magasin de chaussures à Fort William ?

— Nevis shoes, c'est dans la rue principale. Vous souhaitez la rencontrer ? demanda Jenny, devançant ses pensées.

— Peut-être que discuter avec elle pourrait m'aider à en savoir plus sur Lucie.

— Vous croyez que c'est une bonne idée ?

— Je n'en sais rien, dit-elle, pleine de doutes.

Puis, elle avala le fond de sa tasse de chocolat.

CHAPITRE 5

Le lendemain matin, Ronan arriva sur le terre-plein du chantier à 9 heures. Gordon, qui venait d'effectuer son premier aller-retour de la journée à Oban, remontait la cale, une casquette à l'effigie du chantier sur la tête.

— Salut, Ronan, tu es matinal !

— Bof, pas tellement.

— Pour un vacancier, je veux dire.

— C'est pas encore les vacances, j'ai encore un paquet de boulot. Mary va en profiter dès aujourd'hui, mais, pour moi, ce sera dans quelques jours.

— Viens, je vais te présenter à l'équipe !

Ronan approcha et ils entrèrent dans le hangar. Une machine tournait à plein régime et son bruit strident agressait les tympans. Un type appuyé sur sa ponceuse électrique faisait de longs mouvements sur une poutre en bois. Une nuée de poussière volait tout autour de lui et couvrait ses cheveux et son bleu de travail. À la vue de Gordon et Ronan, il arrêta la machine, ôta le casque de ses oreilles et le masque qui protégeait son visage et sa petite moustache bien taillée.

— Je te présente Stephen, charpentier. Ronan, qui vient de Bretagne et qui va travailler sur le voilier que nous avons entreposé à côté du hangar.

Les deux se serrèrent la main.

— Belle goélette, dit le charpentier. Construction galloise ?

— Exact, construite au début du XXe au chantier Ferguson and Baird de Connah's Quay.

— Tu as des travaux à faire ?

— Oui, un carénage complet et quelques bricoles. Ça ne lui fera pas de mal avant la saison prochaine.

Ronan ne détachait pas son regard de la coque nue en bois brut et clair qui se dressait devant lui.

— Impressionnant, c'est du mélèze ?

— Bordées en mélèze pointées sur une charpente de chêne, répondit un autre type, qui se tenait quelques mètres plus loin devant un morceau de bois qui reposait sur deux chevalets.

Le type, brun aux cheveux légèrement ondulés, posa son long crayon sur le haut de son oreille et approcha.

— Salut, moi, c'est Yann Conan.

— Ronan Kerloch, de Penmarc'h. Alors c'est toi, le Breton dont m'a parlé Gordon ?

— *Yes*, Douarneniste pour être précis, dit-il en lui tendant la main, ravi de rencontrer un Bigouden dans cette contrée !

— Heureux de te rencontrer aussi, *Penn Sardin*[2] !

---

2. *Nom donné aux habitants de Douarnenez.*

Ronan résuma brièvement sa saison écossaise à bord de l'*Endurance*. Il cita les escales principales et les temps forts du dernier périple et Yann montra beaucoup d'intérêt.

— Très beau programme, je me verrais bien faire ce genre de croisière, et pourquoi pas avec *Lizzie Helen* ? dit-il en posant la paume de sa main sur la coque. Enfin, il faut déjà qu'on termine sa rénovation.

— Je vois que vous allez avoir des choses à vous dire, dit le patron du chantier.

Une femme brune, les cheveux longs attachés par un élastique, sortit d'une pièce du fond du bâtiment, tendit l'oreille devant l'étrave, puis s'approcha.

— *Hello*, lança-t-elle à Gordon. Je vois que ça travaille dur, les gars, vous pensez que c'est comme ça qu'on va tenir les délais ?

— Ronan, je te présente Sofia Ricci, la plus habile des maîtres-voiliers de tout l'hémisphère nord.

— Oh là là, tout ça pour moi ? dit-elle avec un charmant accent italien. Ma mission se termine bientôt, la garde-robe du *Lizzie Helen* est presque complète. La vieille dame va retrouver ses élégantes étoffes. Et moi, je retourne dès que possible en Italie. Même en hiver, j'y verrai plus le soleil qu'ici pendant tout l'été !

— Tu abuses, Sofia, tu as tout de même attrapé un coup de soleil au mois de juillet, dit Gordon en souriant.

— Tu parles, j'étais écarlate après un footing où j'avais un peu forcé sur la cadence. Mais je vais regretter cette île et son ambiance, c'est vrai, parce qu'on rigole bien avec mes coéquipiers, on va dire que ça compense la météo !

— Tu veux visiter ? demanda Yann.

— Bien sûr, dit Ronan.

Ils montèrent tous les deux par l'échelle qui menait sur le pont.

— C'est un ancien bateau de pêche ? demanda Ronan.

— Oui, un *zulu*. C'est un bateau typique des Shetlands. Personne n'en voulait là-bas ou ne pouvait s'en occuper. Stephen l'a récupéré et m'a proposé de le rénover avec lui et Sofia. Quand j'ai découvert ses lignes, j'ai flashé sur lui et je suis resté travailler avec eux. J'aime la forme de sa carène, à la fois effilée et robuste. Gordon participe aussi à l'aventure, il a bien voulu prêter son hangar le temps qu'on fasse les travaux.

— Ça fait longtemps que vous y travaillez ?

— Je suis arrivé en juin et Sofia un mois après, mais Stephen y travaillait déjà depuis plusieurs semaines.

— C'est un très beau projet.

Ronan était admiratif.

— Oui, le remettre à flot est une très belle mission. De tous les bateaux sur lesquels j'ai travaillé, je pense que celui-ci est le plus important.

— Pourquoi ça ?

— Ce *zulu* est le témoin d'une époque révolue, mais faste de la pêche en Écosse. Il a été construit à Lerwick en 1903 et il pêchait le hareng sur les côtes au début du vingtième siècle. Ce type de bateau était parfait pour l'époque, à la fois solide et rapide. Mais c'est pas ça qui m'impressionne le plus. Lorsque je travaille à son bord, j'ai la sensation d'entendre les marins qui ont foulé son pont et tenu sa barre.

Ronan était ravi d'entendre le charpentier parler de sa passion. Ils descendirent dans le carré qui était en cours d'aménagement et Yann put montrer les membrures, véritable squelette du *zulu*. Certaines étaient d'origine et d'autres avaient été refaites à neuf. Mary entra dans le hangar au moment où ils descendaient du bateau. Cette fois, c'est Ronan qui fit les présentations maintenant qu'il connaissait tout le monde.

— Enchantée de vous rencontrer et de découvrir l'objet de votre passion.

— Joli bateau… vous savez quand il pourra être mis à l'eau ?

Un bruit de moteur se fit entendre au loin près de la cale.

— En mars, si tout se passe bien, annonça Stephen.

Une femme arriva à l'entrée du hangar. Elle se tenait droite, bien campée sur ses bottines à talons. La lumière du soleil dans son dos projetait l'ombre de sa silhouette sur la dalle de béton et empêchait de voir réellement son visage et la cascade de cheveux blonds ondulés qui encadrait son buste rayonnait de lumière. Le genre de femme que tout le monde remarque.

— Bonjour, désolée de vous déranger. Gordon, est-ce que tu pourrais regarder mon moteur ? Il n'arrête pas de faire des ratés.

— Bien sûr, Patricia, je vais jeter un coup d'œil.

— Merci, il faut que j'aille en ville et je ne voudrais pas tomber en panne à mi-route.

Gordon attrapa une boîte à outils dans l'atelier et monta à bord du runabout qui était toujours en marche, amarré à la cale. Il poussa les gaz pour entendre le bruit du moteur, puis ouvrit un panneau de bois verni pour y glisser sa tête.

Pendant ce temps, Patricia se présenta aux seules personnes qu'elle ne connaissait pas, Mary et Ronan.

— Vous êtes en vacances ? On aura peut-être l'occasion de se croiser, au pub ou ailleurs.

Puis elle s'adressa à Yann :

— Vous en êtes où de votre rénovation, ça avance comme vous voulez ?

— Depuis quelques jours, nous avançons vraiment bien. Le calfatage des bordées est terminé, nous allons bientôt huiler toute la coque. Le safran a été refait à neuf et nous avons fabriqué une barre franche pour remplacer l'ancienne barre à roue, dit Yann en montrant la pièce posée sur deux chevalets massifs.

Patricia semblait boire les paroles de Yann sans le quitter des yeux.

— J'adore vous entendre parler technique. J'adore les personnes qui sont passionnées, comme vous. Le vocabulaire maritime technique, c'est du patrimoine, mais aussi de la poésie, vous ne trouvez pas ? Et puis ce petit accent *frenchy*, j'adore aussi, lâcha-t-elle avec un clin d'œil au Douarneniste.

Cette Patricia n'y va pas de main morte, pensa Ronan. Mais se faire draguer en public ne semblait pas gêner Yann le moins du monde, car un sourire flatté s'affichait sur son visage. Mary, elle, aima son aplomb. De l'exubérance sans la moindre vulgarité, elle la trouva à la fois audacieuse et très classe.

— Quant aux voiles, merci de vous en inquiéter, mais moi aussi j'avance bien, répliqua Sofia d'un ton volontairement plein d'humour qui fit rire Patricia et toute l'assemblée.

Gordon réapparut.

— Vous pouvez naviguer tranquille, Patricia. Le gicleur du moteur était juste un peu encrassé.

— Me voilà rassurée.

Elle salua tout le monde et descendit la cale. Tous observèrent son habileté à enjamber le bastingage de la belle vedette vernie, malgré un pantalon hyper ajusté et des talons peu habituels sur une embarcation.

Soudain, une idée vint en tête de Mary. Pourquoi attendre une demi-heure la prochaine navette ?

— Patricia, vous allez à Oban ?

— Oui, vous voulez profiter d'un taxi ?

— Si ça ne vous dérange pas…

— Pas du tout, je vous emmène !

Ronan eut une mine étonnée.

— Je vais voir Kate, l'amie de Lucie.

Comme si Ronan ne comprenait pas son intention, elle précisa :

— Je ne tiens pas en place au cottage, il faut que je lui parle.

— Vas-y, si ça peut t'aider, dit-il finalement.

Le Riva quitta la cale et, dès qu'il prit un peu de vitesse, la longue chevelure de Patricia se mit à flotter dans les airs. Mary glissa ses cheveux mi-longs dans un bonnet pour éviter d'être gênée.

— Quel bateau ! s'exclama Mary.

Elle n'avait jamais mis les pieds dans un tel engin.

— Puissant, confortable… on se croirait dans une décapotable des années cinquante, dit-elle en touchant le fauteuil en cuir sur lequel elle était assise, puis le bois verni du tableau de bord.

— Vous avez raison, ça se pilote comme une voiture, précisa Patricia, le volant en main. Et surtout, c'est un peu plus fun que le bateau de Gordon.

Elles rirent ensemble, car le *Mitchell* tenait plus du bateau de pêche que d'un navire de croisière.

— Et ce moteur, on dirait qu'il ronronne, observa Mary.

— Une jolie mélodie, c'est aussi ce que j'apprécie. Vous allez en ville ? demanda Patricia.

— Non, je vais voir quelqu'un à Fort William.

À peine avaient-elles quitté Kerrera que la traversée s'achevait déjà. Patricia ralentit à l'approche du ponton du port de plaisance qui jouxtait le quai nord de la ville. Mary descendit pour amarrer le bateau et Patricia coupa le moteur.

— Vous revenez quand vous voulez, Mary, vous faites une parfaite équipière !

— Un grand merci, Patricia, à bientôt !

Mary quitta le ponton, longea le pignon du Columbus hôtel en direction de l'arrêt de bus où elle allait embarquer pour Fort William. Patricia monta dans un Range Rover gris et fit un signe de la main avant de disparaître dans la circulation.

Le bus quitta la ville et sillonna le paysage écossais pendant un peu plus d'une heure et demie et Mary observa les collines verdoyantes qui jouxtaient la côte. Elle longea en grande partie le loch Linnhe qui était ouvert sur la mer dans sa partie sud-ouest et presque fermé par un isthme avant d'arriver à Fort William. La ville s'étalait en longueur, coincée entre le loch et le plus haut sommet du Royaume-Uni, le Ben Nevis qui culminait à 1 345 mètres. Mary arpenta la rue principale où se trouvait la majorité des commerces. Elle ne mit pas longtemps à repérer le magasin Nevis shoes, car son enseigne rouge était bien visible de loin. Elle entra dans la boutique.

— Bonjour, madame, lui dit la vendeuse d'une trentaine d'années. Je peux faire quelque chose pour vous ?

— Oui, certainement. Je ne viens pas pour des chaussures, mais je cherche Kate, une amie de Lucie Sinclair.

— C'est moi.

— Je suis désolée de vous déranger en plein travail, mais j'aimerais vous parler.

Mary perçut son trouble et ses yeux qui devenaient humides.

— Mais de quoi voulez-vous parler ? dit-elle, un trémolo dans la voix.

— De Lucie.

Mary crut qu'elle allait pleurer.

— J'ai appris sa mort hier soir, je suis encore sous le choc.

— Je comprends, la mort de votre amie a été si brutale. J'étais là lorsqu'elle a été projetée sur le trottoir devant le pub. Je l'ai aidée et j'ai pensé que tout irait bien pour elle lorsqu'elle a été secourue. Mais, depuis qu'on m'a annoncé qu'elle avait été assassinée, j'en suis bouleversée. Je n'arrive pas à oublier son regard, j'aimerais en savoir plus sur elle.

Mary eut conscience que ses yeux se chargeaient eux aussi de larmes.

— D'accord. J'ai une pause dans une heure, on se retrouve en face, dans le square ?

— Parfait. À tout à l'heure !

Mary quitta alors le magasin. Pour patienter, elle marcha dans la ville et but un café au Wildcat, un coffeeshop de la rue. Kate rejoignit Mary, qui l'attendait assise sur un banc devant le cinéma. La jeune femme s'assit à son tour et ouvrit un papier aluminium qui contenait deux sandwiches. Elle commença à manger et demanda à Mary de lui raconter. Mary prit tout son temps pour expliquer le déroulement des faits et elle s'attarda sur la peur qu'elle avait ressentie en Lucie et la confiance qu'elle avait demandée à une inconnue jusqu'à ce « reste avec moi » qui la hantait. Kate écoutait avec une certaine attention, mais Mary avait l'impression qu'elle voulait volontairement rester à distance du récit.

— De quoi avait-elle peur, Kate ?

— Elle avait reçu une lettre anonyme, mais elle n'y comprenait rien. Lucie était quelqu'un de gentil, personne ne pouvait lui vouloir de mal, vraiment, moi non plus, je n'y comprends rien.

Elle plongea dans ses souvenirs.

— Un soir, elle a été suivie par une voiture et, peu de temps après, la vitrine du pub a été brisée par un pavé. Elle a dit tout ça à la police. Mais ils n'ont rien fait, s'indigna la jeune femme.

— Avait-elle quelqu'un dans sa vie ?

— Oui, Martin, un gars d'ici parti vivre en Australie il y a quelques années. Il revient de temps en temps. Elle disait qu'elle voulait le rejoindre, en effet, mais je doute qu'elle aurait franchi le pas et tout quitté pour lui.

— Elle était attachée à Oban ? Elle n'y avait plus beaucoup de famille pourtant ?

— Il lui restait William, son frère, et quelques amies comme moi.

— Son commerce marchait bien ?

— Oh oui, elle a racheté ce pub un peu vieillot il y a quelques années et en a fait un lieu à la mode, face à la mer.

— Quelqu'un pouvait jalouser sa réussite ?

— Possible, dit-elle sans trop y croire. Ils étaient nombreux à convoiter ce pub à l'époque où le vieux Fergus l'a mis en vente. Faut dire qu'il est super bien placé et qu'il a une très belle vue sur la baie.

— Et son frère ? Elle s'entendait bien avec lui ?

— Plutôt bien, même s'ils ne se voyaient pas tous les jours. William passe beaucoup de temps autour de son élevage.

— Il vit avec quelqu'un ? Il a une famille, des enfants ?

— Non, il vit seul, dans une maison devant ses cages à saumons à Kerrera. Lucie s'inquiétait souvent pour lui. C'était lui l'aîné, mais il a longtemps manqué de maturité. Il a eu une adolescence mouvementée et Lucie était à l'opposé de lui. Mais il s'est calmé et a voulu travailler pour son propre compte. Elle l'a beaucoup aidé au moment où il s'est installé, et je pense qu'il gère plutôt bien son affaire.

Elle mordit à pleines dents dans son sandwich et mâcha quelques instants.

— Mais pourquoi voulez-vous savoir tout ça, vous enquêtez ? dit-elle en changeant de ton.

Son regard fixé sur Mary devint froid et la conversation jusque-là amicale se tendit en un instant. L'Irlandaise en fut déstabilisée.

— Euh, non, je n'enquête pas. Je veux juste comprendre… pourquoi on l'a tuée. Je n'aurais pas dû venir vous embêter avec ça.

— Mais ça ne vous regarde pas ! se fâcha Kate. Ça regarde la police et la justice, son frère et ses amies comme moi, personne d'autre !

Mary, choquée par ces paroles, sentit qu'il fallait abréger l'échange. Elle stoppa net la conversation, remercia Kate, se leva, et quitta le square. Elle pressa le pas, car elle sentait l'émotion la submerger. Elle ne souhaitait qu'une chose, ne croiser personne et quitter cette ville. Elle se faufila dans une ruelle étroite qui descendait vers l'arrêt de bus situé sur les bords du loch. La rue pavée était déserte et le courant d'air qui soufflait dans son dos, inhospitalier. Elle craqua alors et ses yeux s'embuèrent. Elle se blottit sous le porche d'un immeuble et fondit en larmes.

Une demi-heure plus tard, Mary prit place dans le bus du retour. Elle s'assit et posa sa tête contre la vitre. Mille questions se bousculaient dans son esprit. Pourquoi ce séjour sur la côte écossaise commençait-il si mal ? Pourquoi fallait-il qu'elle arrive à ce moment précis où une bombe avait explosé ? Et pourquoi se sentait-elle si impliquée dans cette affaire ? Non, vraiment, il fallait absolument qu'elle reprenne la maîtrise des choses et qu'elle essaie d'oublier tout cela et surtout rayer de sa mémoire cette conversation avec Kate.

Cette escapade à Fort William n'avait pas été une bonne idée. Elle n'avait ni aimé cette ville ni la façon dont parlait Kate. Pourquoi avait-elle été si désagréable ? Peut-être simplement parce que cette fille avait perdu sa meilleure amie et qu'elle n'arrivait pas à l'accepter. C'était après tout une explication tout à fait plausible.

Elle se remémora ce petit vent qui descendait de la montagne et qui rafraîchissait l'atmosphère des rues du centre-ville. Était-ce cet air froid ou les paroles acerbes de l'amie de Lucie qui étaient à l'origine de ses impressions ? Peut-être bien les deux, mais un seul mot lui vint en tête, c'était bien de l'hostilité qu'elle avait ressentie.

Le bus démarra et quitta Fort William. Mary ferma un moment les yeux et une fatigue soudaine additionnée au bruit du moteur la fit somnoler.

Quand elle descendit à l'arrêt du port d'Oban, elle se dirigea vers le quai nord et constata que le Riva de Patricia était toujours amarré au ponton, sans personne autour. Quelques minutes plus tard, elle embarqua dans la navette de Gordon pour rentrer à Kerrera. Elle salua un jeune homme déjà assis sur un des bancs en bois, qui attendait le départ, puis s'installa à son tour. Elle se sentait vidée et n'avait qu'une seule envie, se poser sur la chaise longue devant la mer avec une bonne tasse de thé.

Une femme vêtue d'un coupe-vent vert olive et d'un jean monta à son tour avec deux grands sacs de provisions bien chargés. Elle lança un bonjour global à Mary et au jeune homme et prit place près de la jeune femme.

— Bonjour, Nora, répondit le jeune.

— Vous partez en balade sur l'île ? demanda-t-elle à Mary.

— Non, je passe quelques jours sur le port de Kerrera avec mon compagnon.

— Ah, vous devez être Mary, vous louez chez Jenny ?

— Oui, s'étonna Mary.

La jeune femme rit.

— L'île est petite, vous savez, tout se sait ici. Je suis Nora Green, voisine de Gordon et Jenny et productrice de thé, que vous avez peut-être déjà goûté d'ailleurs.

Elle dit cela en connaissance de cause, car elle savait que Jenny offrait ses produits aux locataires.

— Oui, bien sûr, West tea, le thé de Kerrera ! Et moi, c'est Mary Brennan, enchantée !

— J'espère que vous apprécierez votre séjour.

La voix de Nora était chaleureuse, elle ne sut pourquoi, mais elle sentit en la jeune femme une immédiate bienveillance. Après cette discussion avec Kate, elle avait bien besoin de rencontrer quelqu'un comme elle. Elle réalisa l'étrangeté de cet instant. Au moment où elle pensait à boire un thé réconfortant, Nora, celle-là même qui produisait le thé local, était apparue devant elle. Quelle incroyable coïncidence tout de même… ou alors une synchronicité, oui, c'était bien cela qui se disait.

— Vous avez besoin de repos, je me trompe ?

— J'ai si mauvaise mine que ça ?

— Non, ce n'est pas ce que j'ai voulu dire ! reprit Nora, qui ne souhaitait pas se montrer désagréable.

— Vous avez pourtant vu juste, j'ai besoin de repos !

— L'île de Kerrera est idéale pour ça.

Nora sembla lire dans les pensées de Mary. Tout le monde se connaît ici, peut-être que tout le monde connaît tout de chacun aussi. Elle se dit que Jenny avait sûrement vendu la mèche sur la présence de Mary sur les lieux de l'explosion et que Nora percevait le choc qu'elle avait ressenti.

— La traversée est brève, mais profitez-en pour quitter la civilisation et pour entrer dans un autre monde. Laissez tout ce qui vous dérange de l'autre côté et ne gardez que ce qui est utile et bon pour vous.

Elle avait prononcé ces phrases à la manière d'une prière, presque en fermant les yeux. Puis elle ajouta d'un ton moins solennel tout en admirant le paysage maritime :

— C'est un des privilèges des îliens de pouvoir se couper du monde.

Mary trouva cette symbolique intéressante et à la fois mystérieuse. L'idée était séduisante, mais elle ne sut pas tout à fait comment l'interpréter. Fallait-il renoncer à l'humanité pour vouloir habiter une île ? Ou alors peut-être que la vie insulaire permettait de se couper d'un passé difficile ou encombrant.

Le bateau arriva en approche de la marina ce qui, de fait, abrégea la conversation entre les deux femmes. Gordon amarra la vedette et les passagers descendirent sur le ponton.

Nora interpella le jeune homme.

— Danny, peux-tu dire à Jenny que j'ai préparé sa commande ? Elle peut passer la prendre dès qu'elle le souhaite.

— OK, je lui dirai, répondit-il en s'éloignant.

— Demain, je travaillerai toute la journée, venez donc me rendre visite, si ça vous intéresse de découvrir ma production de thé.

— Avec plaisir, Nora !

— Vous voyez la serre près de la ferme ? C'est là que je travaille.

Elle s'éloigna en agitant la main. Mary trouva le regard de Nora étrange. Il n'était ni insistant ni intrusif, mais perspicace et bienveillant. La jeune femme semblait lire en elle. Elle n'avait jamais ressenti cela avant, mais elle eut l'impression d'être à nu.

CHAPITRE 6

Dans le hall du poste de police, l'inspecteur-chef était en discussion avec un couple de personnes âgées.

— Vous allez les arrêter, n'est-ce pas ? demanda la femme.

— Je vous assure que nous faisons tout pour, madame Robertson.

— Parce que vous comprenez, nous avons peur, compléta l'homme. Après le pub, ils vont s'en prendre à quoi, et à qui ? Nous envisageons d'installer une alarme. Vous pensez que c'est une bonne idée ?

La porte s'ouvrit brusquement, et Emmy entra dans le poste de police. Lorsqu'elle vit son supérieur, elle brandit trois clés USB.

— On a les images, chef !

Andrew lui sourit et s'adressa au couple :

— Oui, une alarme, très bonne idée, ou alors la vidéosurveillance, c'est bien aussi, vous m'excuserez ?

Il suivit son adjointe. Lorsqu'il arriva à la porte de son bureau, elle était déjà installée devant l'ordinateur. Il s'assit à ses côtés.

— Il n'y a rien de suspect sur la caméra qui se trouve près de la gare. En revanche, sur les deux autres…

Elle cala la vidéo et une vue du quai nord s'afficha à l'écran.

— Il fait nuit, évidemment, mais on voit un petit bateau en approche, un homme seul à bord, à la rame.

— À la rame, malgré la présence d'un moteur hors-bord, nota le policier. Tu veux rester discret, toi…

— Il est 3 h 22. Le type accoste, monte l'échelle, puis passe sous la caméra, sac au dos et capuche sur la tête.

— Difficile de le reconnaître.

Le sergent cala un autre fichier et le mit en lecture.

— Voici la vue du carrefour. On le voit traverser George Street, se cacher sous le porche du magasin de sport, le temps qu'une voiture passe, et se diriger vers l'entrée du pub. Il sort de son sac une petite barre de fer ou un truc du genre, fracture la porte et entre. Il ne se passe rien pendant quatre minutes.

Elle avança le curseur de l'enregistrement et reprit la lecture.

— Le voilà qui réapparaît. Il sort du pub et fait le chemin inverse vers le port.

Emmy bascula à nouveau sur la vue de l'autre caméra.

— Il retourne au bateau et quitte le quai à la rame, il est 3 h 35.

— Bien joué, Emmy, mais on n'est pas beaucoup plus avancés. Ce type pourrait être n'importe qui. Il arrive et repart en bateau, mais d'où vient-il et où va-t-il ?

La policière se retourna pour regarder la carte affichée au mur.

— De Kerrera ou de quelque part sur la côte. Ganavan ou Dunstaffnage au nord ou Gallanach plus au sud, dit Emmy, l'index sur le plan.

— Ouais, possible. Avec une embarcation aussi petite, il n'a pas pu aller bien loin. Il y avait d'autres bateaux amarrés à ce quai ?

— C'est hors du champ de la caméra.

— Il faudrait qu'on se renseigne auprès des pêcheurs d'Oban. Les chalutiers quittent le port vers quatre heures du matin ou quelque chose comme ça, non ?

Emmy haussa les épaules.

— Tu peux vérifier auprès d'eux ? À cette heure-ci, tu devrais trouver les marins sur le port, dit-il en regardant sa montre qui indiquait 16 h 25.

— Je m'en charge, chef.

L'adjointe de l'inspecteur se rendit à pied sur le port de pêche. Trois bateaux étaient alignés les uns derrière les autres. Les marins avaient étalé un chalut devant le *Buddy C.* De longues chaînes métalliques et des caoutchoucs ronds qui garnissent les trains de pêche occupaient une bonne partie du quai. Deux hommes, penchés sur les mailles abîmées du filet, activaient leurs aiguilles chargées de fil de nylon pour brider les déchirures. La policière se présenta et questionna les deux hommes.

— Les jours où nous sortons en mer, nous sommes tous à bord à 4h30 du matin. Dean, qui est mécano (il fit signe du menton pour désigner son coéquipier), arrive un peu avant les autres pour mettre le moteur en marche et nous larguons les amarres vers 4h40. Personnellement, je n'ai rien vu d'anormal sur le port.

— Et vous, Dean ?

— Non, moi non plus. Pauvre Lucie, j'espère que vous allez trouver l'ordure qui a fait ça !

Il réfléchit.

— Avant-hier, l'*Aquila* a quitté le port avant nous. Quand je suis arrivé à bord vers 4 heures, il doublait déjà le feu de Kerrera, ce qui veut dire qu'aux environs de 3h30 ou 4 heures, l'équipage était encore à quai. Lui, il part pour trois jours de pêche. Vous devriez leur demander, ils ont peut-être vu quelque chose.

La policière fit un rapide calcul.

— Il va rentrer demain au port, si je comprends bien ?

— Oui, il a pour habitude de débarquer vers 16 heures.

— D'autres bateaux sont-ils partis en mer cette nuit-là ?

— Oui, le *Rose of Argyll*, là-bas, dit l'homme en regardant dans sa direction. Le *Challenge*, qui est juste derrière, est désarmé depuis peu et ne sort plus.

— Merci de votre coopération, messieurs.

Emmy héla les marins présents à bord du *Rose of Argyll* et les interrogea à leur tour. Eux non plus n'avaient rien vu d'inhabituel et incitèrent également la policière à questionner l'équipage de l'*Aquila*. Emmy les remercia et quitta le quai avec l'idée d'y revenir le lendemain.

Lorsqu'elle rentra au poste, Patricia sortait du bâtiment, furieuse. Elle monta dans son Range Rover et démarra en trombe.

— Un problème, chef? demanda Emmy.

— Patricia MacDonald vient de recevoir une deuxième lettre anonyme, dit-il en retournant dans son bureau.

Emmy le suivit, puis il étala les deux missives côte à côte:

Arrêtez la mine, vous tuez l'Écosse en la vidant de ses entrailles. Vous polluez le pays pour votre profit personnel. Stoppez immédiatement, sinon vous le payerez cher!

— Et la dernière en date: *Vous n'avez toujours pas compris? Dernier avertissement!*

Emmy détailla l'écriture.

— Des lettres capitales, écrites à la main. Même type d'enveloppe.

— Même auteur, probablement.

— Mouais, fit Emmy. Donc, on peut en déduire que la lettre que Lucie a reçue est bien différente. L'écriture est en minuscules et le papier est bien plus fin.

— Tu as raison, la répétition nous indique une même origine pour Patricia… et malheureusement de la suite dans les idées.

Il attrapa son téléphone de bureau et appuya sur une touche.

— Simon, tu peux venir, s'il te plaît?

Quelques secondes plus tard, un jeune homme frappa et entra dans le bureau.

— Tu te souviens de la manifestation contre la mine à Cononish au mois de juin?

Il hocha clairement la tête.

— Ouais, devant l'entrée de la mine d'or ?

— On a bien noté les plaques minéralogiques des véhicules présents sur le site, non ?

— Tout à fait.

— On n'en avait rien fait, mais maintenant, c'est une autre histoire. Va falloir éplucher tout ça et identifier tous ces types.

— Ça va prendre du temps.

— Oui, mais c'est la seule piste qu'on peut exploiter pour l'instant. Tu me fais un listing de tout ça et tu reviens me voir, OK ? Merci.

Le jeune homme répondit d'un regard affirmatif et referma la porte.

Jusqu'où ces gars étaient-ils prêts à aller ? Taguer une voiture, puis la vitrine d'une bijouterie… Un *dernier avertissement*… Et après, quelle serait l'étape suivante ?

CHAPITRE 7

La météo annonçait une journée ensoleillée et sans vent, Mary et Ronan décidèrent d'une balade en profitant de ces bonnes conditions pour explorer les environs. Ils se levèrent tôt et, après un petit-déjeuner copieux, ils enfilèrent leurs chaussures de randonnée. Le soleil se levait derrière les montagnes des Highlands et illuminait la marina d'une lueur rosée. Ils passèrent près du pub où ils ne distinguèrent aucune activité, puis près du chantier, mais là non plus, ils ne virent personne. Seules les fenêtres de chez Gordon et Jenny ainsi que la partie arrière du chantier où logeaient les ouvriers étaient éclairées. Ils empruntèrent un sentier qui grimpait la colline surplombant le port et l'îlot de Rudh-a-Chruidh. Après quelques centaines de mètres à fouler le chemin mangé par les fougères, ils arrivèrent au sommet. Une colonne en pierre d'une dizaine de mètres de haut y était érigée. Ronan s'approcha de la grille en fer forgé qui entourait le monument et lut l'inscription gravée.

— Un monument érigé en 1883 en mémoire de David Hutcheson. Grâce à sa compagnie maritime à vapeur, la vie des habitants de l'ouest des Highlands et des îles d'Écosse a été grandement améliorée.

Mary ne s'intéressait pas à l'obélisque, mais à la vue panoramique qui s'ouvrait devant elle. Le port de Kerrera, la petite île de Patricia où trônait sa maison, la ville d'Oban encore illuminée par l'éclairage public et les feux des véhicules. Plus à gauche, les montagnes à contre-jour du soleil levant et plus à gauche encore l'estuaire de Lorne, dont l'île de Mull fermait l'horizon.

— Dommage d'ériger dans un endroit aussi grandiose un monument aussi laid.

— Ah bon, tu le trouves moche ?

— Ben oui, on ne voit que lui dans le paysage, une colonne de pierre dressée vers le ciel… on peut rendre hommage à quelqu'un sans gâcher la nature, non ? C'est vraiment propre à l'être humain de laisser sa trace là au sommet d'une colline.

— Ouais, c'est vrai, c'est un peu posé comme le nez au milieu de la figure, avoua Ronan.

Ils descendirent la colline du côté ouest par un chemin beaucoup plus escarpé et plus rocheux où les fougères avaient laissé la place à une lande rase et rugueuse.

Arrivés sur le plat, Mary et Ronan suivirent un ruisseau qui les mena vers la mer. Des moutons, les pattes enfoncées dans le terrain humide, broutaient l'herbe drue. Lors de la dernière marée haute, les galets de la grève et la laisse de mer s'étaient répandus sur le champ. Des algues entremêlées de branchages et des déchets de plastique s'étalaient sur cet espace tampon, mi-terrestre, mi-maritime. Ils longèrent la grève pendant quelques minutes en allant vers le sud et aperçurent la ferme aquacole de William. Quatre bassins étaient disposés à environ deux cents mètres de la côte. Ronan tira les jumelles de son sac à dos. Un type, un seau à ses pieds, faisait de grands gestes pour disséminer des granulés dans une cage. Le couple reprit sa marche par un chemin qui pouvait à peine convenir à une voiture, pas très large et surtout d'une surface parsemée d'ornières remplies d'eau. Les suspensions des véhicules à moteur devaient souffrir sur des chemins pareils. À cet instant, les paroles de Mary lui revinrent en mémoire. Là aussi l'humain avait voulu imprimer sa marque à force de bitume, mais la nature était bien plus forte et détruisait l'ouvrage à coups d'intempéries sans pitié.

Ils approchèrent d'une maison blanche devant laquelle se trouvait un quad. *Évidemment*, pensa Ronan, *le genre d'engin indispensable ici*.

Il tourna la tête, interpellé par un bruit de moteur. L'éleveur de saumons, dans un dinghy à la coque bleue, allait accoster au ponton flottant posé sur la grève devant la maison. Il noua l'amarre et arriva vers Ronan et Mary. L'homme aux cheveux châtains, d'une quarantaine d'années, était grand et fin. Chaussé de bottes et vêtu d'un pantalon ciré et d'une veste de quart, il marchait sur les cailloux d'un pas assuré, un sac jeté sur l'épaule.

— Bonjour, belle journée pour une rando, dit-il en voyant leur accoutrement.

— Oui, cette journée sans vent nous a incités à découvrir les environs.

— Vous passez la journée à Kerrera ?

— Nous louons le cottage sur le port.
— Ah oui, j'ai entendu parler de vous.

Oui, on sait, l'île est petite et tout le monde sait tout sur tout le monde, pensa Mary.

— Est-ce vous la personne qui a secouru ma sœur ? demanda-t-il, l'air grave. Je suis William Sinclair, le frère de Lucie.

— Oui, c'est moi. Mary Brennan.

— Ronan Kerloch.

— C'est vous qui avez mis à sec le voilier en bois bleu marine, près du chantier ?

— Oui, en effet. Je viens de finir une saison de croisière à son bord.

William avait le regard troublé.

— Je vous remercie de ce que vous avez fait pour Lucie.

Mary répondit d'un bref sourire et elle compléta :

— Je suis désolée de ce qui lui est arrivé.

— Il ne peut qu'y avoir erreur sur la personne. On visait sûrement quelqu'un d'autre.

— La police fait tout son possible pour trouver qui a fait ça, ajouta Ronan.

L'éleveur de saumons eut une moue dubitative.

— La police n'a pourtant pas fait grand-chose quand Lucie a reçu des menaces il y a quelque temps.

Ronan et Mary ne surent que répondre.

— En tout cas, je vous souhaite une bonne balade et un bon séjour sur notre île.

Il continua vers la maison. Le couple reprit sa marche sur le chemin boueux qui longeait la mer.

— Pauvre gars… Il a une telle tristesse dans le regard, lâcha Mary.

— Ouais, il a l'air abattu.

Puis le silence prit toute sa place. Le bruit des pas de Ronan et Mary sur le sol marquait le rythme de leur progression. Le léger ressac qui léchait les galets et le cri strident des huîtriers pie complétaient la mélodie de leur marche et semblaient battre la mesure dans le paysage écossais.

Ils marchèrent plus de deux heures et, lorsqu'ils revinrent à Ardantrive, ils remarquèrent une voiture de police garée. Ils entrèrent dans le pub, avides d'une boisson fraîche. Andrew et un de ses agents discutaient avec Jenny sur la terrasse et un couple de sexagénaires était attablé près de la fenêtre.

Ils se posèrent sur des tabourets devant le comptoir et commandèrent une bière blonde et un thé glacé. Le serveur devait avoir entre vingt-cinq et trente ans. Mary reconnut le jeune homme qui avait traversé en même temps qu'elle la veille. Ses cheveux presque rasés laissaient deviner une teinte entre le blond et le roux et il arborait de nombreux tatouages sur les avant-bras, les mains et le cou. Une boucle d'oreille pendait à son oreille gauche, mais il lui manquait le lobe droit, une absence que Ronan imagina consécutive à une bagarre. *Ce look détonne dans ce pub qui n'a rien d'un endroit branché*, pensa Mary. Leur verre leur fut servi avec un sourire qui contredisait leur première impression.

À peine avaient-ils été servis que la porte s'ouvrit. Yann et Stephen entrèrent et saluèrent d'un bonjour général.

— Danny, est-ce que la cuisine est ouverte ?

— Quand Jenny aura fini.

Il montra du menton sa patronne toujours à l'extérieur avec les policiers.

— Aujourd'hui, c'est ragoût de mouton.
— Parfait, répondirent les deux de concert.
Ils s'installèrent aussi au comptoir.
— Sers-nous d'abord une pinte, s'il te plaît, demanda Yann.
— Tennent's ? demanda Danny, qui connaissait bien leurs habitudes.
— Oh, *aye*[3], répondit Yann, bien au fait de certaines expressions écossaises.
Danny actionna la tireuse à bière. Ronan détailla les tatouages qui recouvraient une bonne partie de ses avant-bras, des dessins hétéroclites de différents styles qu'il ne put identifier. Le barman n'était pas quelqu'un qui parlait inutilement, plutôt discret, mais il avait un regard d'acier, le genre de gars qu'il ne fallait pas chercher.
— Vous avez fait une belle balade ? demanda Yann.
— Oui, très sympa. On est montés jusqu'au monument, puis on a fait la boucle en passant devant l'élevage de William et nous sommes revenus par Balliemore, expliqua Mary, qui avait bien étudié sa carte et les noms de lieux-dits.
— Ça représente déjà un bon morceau.
— Deux heures et demie de marche, confirma Ronan.
— Après-demain, je ferai le tour complet de l'île, j'ai hâte de découvrir le château de Gylen.
— Très bel endroit, en effet, approuva Stephen, la moustache ornée de mousse de bière.
Sofia entra à son tour et rejoignit ses collègues.
— Bonjour, lança-t-elle à tous. Danny, je voudrais bien un thé, s'il te plaît.
Elle frotta ses mains pour se réchauffer.

---

3. Oui avec l'accent écossais.

— Un vrai trou à courants d'air, ce chantier !

— Caresse des Highlands, Chant de la mer ou Sables émouvants ? demanda le serveur qui lisait sur les boîtes en métal West tea, stockées sur l'étagère.

— *Canto del mar* m'ira très bien, répondit l'Italienne, en roulant exagérément les r. Ils sont toujours là ?

Tous les regards convergèrent vers l'extérieur.

— Ils sont venus chez Patricia, précisa Yann. Pourquoi ? Aucune idée…

Les policiers quittèrent les lieux et Jenny entra dans la salle.

— Pff, pauvre Patricia… elle a encore reçu une lettre anonyme, se désola-t-elle. La mine d'or de Patricia se trouve dans les Highlands, à une cinquantaine de kilomètres à vol d'oiseau. Récemment, il y a eu une manifestation devant les grilles de son entreprise. Des écologistes dénoncent la pollution qu'engendre cette activité. Sa voiture, qui était garée sur le port, a même été peinte d'un *Non à la mine*.

— Tout comme on a tagué la vitrine de la bijouterie, en ville, glissa Mary.

— Oui, vous avez vu ça ?

— C'est vrai, l'industrie minière utilise beaucoup de produits chimiques, précisa Ronan.

— Oui, les manifs, c'est une chose, mais les menaces de mort, pff ! dit Jenny, dégoûtée.

— Et ils ont une piste ? demanda Sofia.

— Les écolos veulent peut-être juste lui foutre la trouille, lança Stephen.

— Ils sont venus uniquement pour la rassurer, pour dire qu'ils enquêtent, mais, à mon avis, ils n'ont pas de suspect. Ils n'en savent d'ailleurs pas plus sur le meurtre de Lucie, se lamenta Jenny.

— En dehors de ces activistes, quelqu'un pourrait en vouloir à Patricia ? demanda Mary.

Jenny, qui enfilait son tablier de cuisine, haussa les épaules.

— Un mari jaloux, par exemple ? dit Stephen, le sourire en coin.

— Personne ici n'ignore que Patricia vit la plupart du temps seule. Son mari est très absent, il travaille à Londres dans la finance. Personne ici n'ignore qu'elle ne se prive pas pour le suppléer, dit Jenny franco à l'adresse de Mary et Ronan.

Mary haussa le sourcil, l'encourageant à poursuivre.

— Depuis quelque temps, on lui prête une liaison avec William, lâcha-t-elle.

— Le mari pourrait vouloir effrayer sa femme ? lança Mary.

— S'il tient à sa femme, il ferait mieux de s'occuper d'elle, ce serait plus simple et moins tordu, dit Yann.

— Peut-être qu'il n'en est pas capable, compléta Stephen, plein de sous-entendus.

— Eh, oh, ça suffit les accusations sans fondements ! stoppa Jenny en prenant la direction de la cuisine. Si vous voulez manger quelque chose de correct, vous feriez mieux de la fermer, sinon j'assaisonne votre ragoût de mouton à la mort-aux-rats.

— Oh là là, on peut même plus plaisanter, ici ? dit Stephen.

Sofia, qui n'avait rien dit depuis un moment, prit le relais.

— Je ne suis pas sûre que ce soit le moment de plaisanter. Une jeune femme s'est quand même fait assassiner avant-hier, non ? Aujourd'hui, c'est Patricia qu'on menace, et ça vous fait rire ?

Elle plomba la conversation en un instant.

— Ouais, fit Yann, t'as raison.

Les deux amis se concentrèrent sur leur pinte. Danny, qui essuyait des verres chauds tout juste sortis de la machine, ajouta :

— C'est vrai ce que dit Jenny, faut pas tirer des conclusions sans savoir. Est-ce qu'on peut juger les personnes sans les connaître ? Et même les personnes qu'on pense proches, est-ce qu'on sait ce qu'elles ont vraiment derrière la tête ?

Ronan apprécia la réflexion de Danny. Il ne l'avait pas encore beaucoup entendu causer, et son look border line n'incitait tout bonnement pas à bavarder avec lui, mais le jeune barman faisait preuve d'un non-jugement qu'il trouva très appréciable.

— Ben, certains ne donnent pas envie de les connaître, lâcha Stephen.

— Comme qui, comme moi ? demanda aussi sec Danny.

— Oh hé, tout doux… Pourquoi tu t'énerves ?

— Parce que tu juges sans savoir. Parce que tu juges selon l'apparence.

— Faut dire que Peter MacDonald est un type tellement – il chercha ses mots –, tellement mou du genou. Mais c'est vrai, tu as raison, je ne devrais pas juger les gens. Toi, par exemple, tu as l'air d'un dur à cuire, mais ce n'est peut-être qu'une façade.

Danny haussa les épaules, continua son travail et la tension descendit d'un coup. Ronan imagina à Danny un passé très compliqué pour qu'il tienne un tel discours, une histoire encombrante qu'il voulait peut-être oublier.

Le ragoût de mouton arriva et donna immédiatement envie à Ronan et Mary de passer commande.

Yann, Stephen et Sofia mangèrent rapidement et retournèrent au chantier. Mary et Ronan prirent leur temps et dégustèrent leur plat à table, devant la fenêtre qui donnait sur la mer.

Jenny, une fois le service terminé, arriva à leur table avec du café. Elle s'installa avec eux et servit trois tasses. Danny débarrassait la table voisine après le départ des clients.

— Vous avez l'air contrariée, Jenny.

— Vous ne pouvez pas savoir comment ça me remue, tout ça. Je n'arrive pas à penser à autre chose.

Mary faillit ajouter qu'elle aussi n'arrêtait pas de penser à Lucie, mais elle s'abstint.

— Je suis inquiète. J'ignore où en est la police, mais quelqu'un a tout de même posé une bombe ! Et quelqu'un s'est introduit dans l'hôpital pour étrangler Lucie, s'indigna-t-elle.

— Vous ne faites pas confiance à Andrew Steward et son équipe ? demanda Ronan.

— Je ne sais pas.

— Autre chose vous tracasse ?

Elle se tourna pour vérifier que le couple avait bien quitté le pub et qu'il n'y avait personne d'autre qu'eux et Danny dans la salle, puis elle continua :

— Quelque chose m'est venu en tête et, depuis, je n'arrive pas à m'en défaire. C'est stupide, mais vous savez, quand quelque chose vous obsède…

Ronan et Mary restèrent silencieux, dans l'attente.

— J'ignorais que Lucie voulait quitter l'Écosse. Mais depuis que j'ai appris ça, je n'arrête pas de replonger dans mes souvenirs. Je ne devrais peut-être pas en parler, parce que ça appartient au passé, et William a bien changé depuis, il a maintenant une activité sérieuse, mais ça n'a pas toujours été le cas. Lorsqu'ils se sont installés ici avec leur mère, William a eu de très mauvaises fréquentations et il a fait les 400 coups avec une bande pas très recommandable. Il a très mal vécu le déménagement de Glasgow et le changement de vie qui a suivi la mort de son père. Ça remonte à une bonne quinzaine d'années et, comme je vous disais, il a fini par se calmer et il a trouvé un travail avant de monter son affaire.

Mary et Ronan étaient dans l'attente, ne voyant pas où Jenny voulait en venir. Elle poursuivit.

— La famille Sinclair n'était pas tout à fait fortunée, mais très à l'aise financièrement, le papa avait une bonne situation. À la mort de leur père, William et Lucie ont hérité d'un bon pactole. Cet argent a tourné la tête de William et il est parti en vrille. Il a beaucoup voyagé et dilapidé son héritage en quelques mois. Un sacré flambeur, à cette époque-là !

Ronan et Mary étaient étonnés d'écouter Jenny étaler la vie de la famille Sinclair.

— Ce que je vous dis est de notoriété publique, tous les gens d'Oban savent bien que le fils Sinclair a eu un passé de délinquant. Suzy Sinclair n'a pas été épargnée, pauvre femme. Heureusement que Lucie était l'inverse de son frère. C'était vraiment une fille très chouette. La preuve, lorsque William est revenu à Oban, elle l'a aidé à trouver un emploi. Il s'est calmé et a voulu monter sa propre entreprise, mais il était sur la paille ! Alors, vous savez quoi ?

Lucie l'a aidé et lui a prêté de l'argent pour qu'il installe son élevage de saumons.

Elle prit un moment et ajouta :

— Une chic fille, vraiment…

— Elle avait déjà son pub ? demanda Mary.

— Oui, et son affaire marchait plutôt bien. J'imagine qu'en préparant son départ pour l'Australie, elle envisageait peut-être de récupérer son argent. Évidemment, je ne connais pas la situation financière de William, et j'ignore s'il était en mesure de rembourser sa sœur, mais j'en doute. Je ne suis pas certaine qu'il arrive à boucler ses fins de mois, si vous voyez ce que je veux dire.

Mary ne disait rien, elle écoutait et observait attentivement Jenny, qui avait l'air d'être au courant de beaucoup de choses tout en affirmant le contraire.

— Son entreprise n'est pas très florissante ? demanda Ronan.

— Je crois que c'est difficile pour lui.

— Cette histoire d'argent aurait pu créer un différend entre eux ? demanda Mary.

— Je ne sais pas, mais, en éliminant sa sœur, il aurait aussi éliminé sa dette, non ?

Mary était stupéfaite.

— Vous l'en croyez capable ?

Jenny réfléchit un moment et se reprit.

— Non, je ne peux pas accuser quelqu'un sans fondement, ce n'est qu'une hypothèse. C'est même horrible ce que j'imagine, mais comme dit si justement Danny, on ne sait pas ce que les gens ont derrière la tête.

L'*Aquila*, un chalutier vert et blanc d'environ 16 mètres de long, s'amarra au quai sud à 16 h 10.

Emmy était déjà là, impatiente d'interroger les membres de l'équipage. Le patron, un grand type d'environ cinquante ans, quitta la timonerie et sauta sur le quai. Emmy l'interpella.

— Monsieur, sergent Emmy Somerville de la police d'Oban, auriez-vous quelques minutes à m'accorder ?

Il regarda sa montre et dit en montrant un poids lourd garé sur le quai :

— Juste une petite minute, je m'assure que tout est OK pour le déchargement.

Il s'approcha du conducteur du camion qui attendait à l'arrière du véhicule avec un transpalette à la main et ils échangèrent quelques mots. Puis il demanda à l'homme qui était sur le pont du bateau devant le panneau de cale ouvert si tout était prêt. Le gars, qui avait enfilé autour du cou la commande à distance de la grue, lui répondit par un pouce levé. Il actionna la manette et l'engin qui se trouvait à l'avant du bateau plongea son filin à deux crochets dans les entrailles de l'*Aquila*. Quelques instants plus tard, une colonne de six coffres en plastique jaune en sortit, monta dans les airs et pivota vers le quai. Un des membres d'équipage attrapa d'une main le chargement et l'accompagna afin qu'il soit déposé sur une palette. Il ôta les crochets et les marins recommencèrent l'opération pour vider les cales du chalutier.

— Voilà, je suis à vous !

— Merci de m'accorder quelques instants… monsieur ?

— Franck MacKenzie, patron de l'*Aquila*.

— Monsieur MacKenzie, quand avez-vous pris la mer ?

— Dans la nuit de jeudi à vendredi, un peu avant 4 heures.

— Avez-vous remarqué quelque chose d'inhabituel cette nuit-là à Oban ou sur les quais ?

— Je vois où vous voulez en venir, quelque chose en rapport avec l'explosion du pub, je suppose ?

Emmy hocha la tête.

— J'ai appris la nouvelle en mer, c'est terrible ce qui est arrivé à Lucie, pauvre fille. Eh bien, justement…

MacKenzie posa sa main sur son front, cherchant ses mots.

— Ça me tracasse. J'ai vu son frère quitter le port à bord de son dinghy. Nous l'avons doublé dans le chenal.

— William Sinclair ? Vous êtes sûr ?

— Vous voulez savoir si j'ai vu son visage ? Non, il faisait nuit et il était loin de nous, mais c'était bien son bateau et il se dirigeait vers l'île de Kerrera, où il habite.

— Donc, vous ne pouvez pas être formel sur son identité.

— En effet, mais j'avoue que je ne me suis pas posé la question. Je n'ai pas imaginé que ça puisse être quelqu'un d'autre.

CHAPITRE 8

Le jour se levait à peine, lorsque la barge de William quitta le site de l'élevage de saumons pour faire cap sur Oban afin de réceptionner une livraison d'aliments. William, à la barre, était accompagné de Yann. Le Breton s'était porté volontaire pour l'aider, car le chargement était fastidieux pour un homme seul. Le bateau d'une dizaine de mètres de long contourna Kerrera par le nord pour entrer dans le chenal d'accès à Oban. Une petite brise d'est rafraîchissait l'atmosphère et faisait réaliser que l'été en était à sa fin. Les jours raccourcissaient à vue d'œil.

Ils laissèrent sur tribord le feu de Kerrera, puis l'île de Rudh-a-Chruidh apparut dans leur champ de vision. La vaste maison était illuminée et la lumière rayonnait sur l'espace de pelouse qui descendait jusqu'à la mer. Derrière la grande baie vitrée, Patricia était assise au milieu d'un vaste séjour, son violoncelle entre les jambes. Les mouvements de son bras droit étaient amples et dirigeaient son archet de gauche à droite sur les cordes de l'instrument. Yann n'entendait pas la musique, mais il imagina la mélodie qui pouvait naître de ses mouvements, suave et sensuelle, à l'image de la musicienne. William frappa dans ses mains.

— Eh, oh, reste avec moi ! Elle te plaît, la voisine, hein ?

— Pas commune, dit Yann en pensant au discours qu'elle lui avait tenu. Elle m'a carrément dragué hier.

— Pas touche, chasse gardée ! prévint gentiment William.

— Eh, j'y peux rien si je lui plais, se dédouana Yann.

Quelques minutes plus tard, l'éleveur de saumons accosta au quai nord. La ville était encore endormie, mais le camion de livraison était déjà arrivé. Il avait choisi ce créneau matinal pour profiter de la marée haute, ainsi le pont du bateau se trouvait presque au niveau du quai, ce qui facilitait le chargement.

William resta sur la barge et Yann commença la valse du transbordement des sacs de 25 kilos de granulés. William les attrapait et les stockait à mesure sur le pont.

— Faudrait que tu fasses installer une grue un jour, lâcha Yann entre deux sacs.

— Ouais, quand mes finances me le permettront.

À peine sa phrase achevée, une explosion retentit non loin. Une déflagration de lumière embrasa la pénombre. Le Range Rover garé face au ponton de plaisance fut projeté en l'air et retomba sur le côté. Yann, William et le chauffeur du camion se figèrent, ébahis devant le spectacle. Des flammes s'échappaient du moteur, enveloppaient la carrosserie et s'élevaient à plusieurs mètres de haut, dévorant le véhicule.

— Non, le Range de Patricia ! lâcha William.

Un camion de pompiers arriva sur le port, sirène hurlante. Presque en même temps, une voiture de police déboula en trombe. Les soldats du feu sortirent la lance à incendie et inondèrent le véhicule. Quelques minutes plus tard, le feu était éteint, seule une fumée noire continuait à s'échapper de la carcasse calcinée.

— Que s'est-il passé ? demanda Andrew à William.

— J'en sais rien, je chargeais ma livraison de granulés avec Yann et la voiture a explosé.

Le charpentier acquiesça. Deux agents inspectèrent l'épave pour s'assurer que le véhicule était vide de tout occupant.

— Avez-vous vu quelqu'un sur le quai ?

— Non, à part le chauffeur qui nous attendait déjà.

Andrew interrogea le chauffeur du regard.

— Je n'ai vu personne. Je me suis garé une dizaine de minutes avant que William arrive. J'ai juste eu le temps de fumer une cigarette en attendant.

Il réfléchit quelques secondes et désigna la porte de service du commerce de fruits de mer voisin.

— Si, il y avait un gars qui portait des cartons à l'arrière du restaurant.

Andrew s'adressa à son adjointe :

— Emmy, tu peux t'en charger ?

Les pompiers avaient balisé la zone pour empêcher les quelques curieux d'approcher du véhicule calciné. Des employés de l'hôtel Columbus et des habitants du quartier, estomaqués par le triste spectacle.

— Papa, qu'est-ce qu'il se passe ? demanda Lisa, qui arriva, essoufflée.

Andrew lui répondit par un regard circonspect vers l'épave fumante.

— C'est la voiture de qui ?

— Patricia MacDonald.

Lisa fit une mine à la fois effrayée et pleine d'interrogation.

— On assassine Lucie et maintenant on fait exploser une voiture ? Et après, c'est quoi ? demanda-t-elle à son père, les yeux humides.

Un bateau arriva à pleine vitesse de l'autre côté de la baie. William crut qu'il n'allait jamais pouvoir s'arrêter. Patricia, un bonnet enfoncé sur la tête, coupa net les gaz, puis actionna la marche arrière violemment. Un bouillon d'écume jaillit à l'arrière du bateau qui ralentit d'un coup. Elle amarra sommairement le Riva devant la barge et bondit sur le quai. Andrew se dirigea immédiatement vers elle.

— C'est ma voiture ? cria-t-elle en furie.

Andrew opina de la tête.

— Alors, ça y est, je suis moi aussi en danger de mort ? Vous attendez quoi, inspecteur, pour faire une descente chez ces dégénérés extrémistes ?

— Calmez-vous, madame MacDonald ! tenta Andrew.

Lisa était choquée qu'on s'en prenne à son père qui n'y était pour rien. Runar, qui l'avait rejointe, la saisit par les épaules, car il la sentit prête à se jeter sur la musicienne.

— Comment osez-vous vous en prendre à la police ? Si les gens d'Oban ne peuvent plus vivre en sécurité, c'est bien à cause de personnes comme vous !

— Comment ? s'indigna Patricia.

— Lisa, calme-toi, s'opposa son père.

Lisa, encerclée de son compagnon et de son père, n'eut pas le temps d'expliquer sa pensée, mais tout le monde dans l'assemblée comprit à quoi la jeune femme faisait allusion. Des activistes, en voulant s'en prendre à la propriétaire de la mine d'or, semaient la violence dans la ville et mettaient en danger des innocents.

Lisa et Runar quittèrent les lieux. Patricia fulminait toujours.

— Et toi, demanda-t-elle d'un ton accusateur à William, qu'est-ce que tu faisais là ?

— Eh, je n'y suis pour rien !

Yann confirma.

— Nous venions d'arriver de Kerrera lorsque votre voiture a explosé.

Patricia ne répondit pas, mais ses yeux jetaient des éclairs. Andrew s'adressa à William.

— Vous passerez au poste dans une heure, j'ai quelques questions à vous poser, sans rapport avec ce qui vient de se passer, précisa-t-il pour ne pas le mettre dans l'embarras en public.

Le soleil s'était levé sur la ville. Les lampadaires de l'éclairage public s'éteignirent et la circulation dans les rues et sur le front de mer se fit plus intense. SMS, bouche-à-oreille, les échos de l'explosion se répandirent dans la population et une ambiance glaçante commença à gagner les esprits des habitants d'Oban.

Mary et Ronan avaient entendu la déflagration depuis leur lit, dans le cottage de Kerrera. Ils avaient ouvert la fenêtre et, en observant aux jumelles, ils avaient aperçu l'incendie sur le parking du port. Ils étaient retournés se coucher, mais ni lui ni elle n'avaient pu retrouver le sommeil. Au petit-déjeuner, Ronan avait parcouru internet à la recherche d'informations. Sur le site *West Coast today*, il avait découvert une photo d'une voiture calcinée publiée avec quelques lignes.

— C'est la voiture de Patricia ! s'écria Mary.

— Tu es sûre ?

— Je l'ai vu monter dans un Range Rover comme celui-là hier. Il ne doit pas y en avoir des tonnes du même modèle sur le parking qui donne devant le ponton où elle a ses habitudes.

Ronan et Mary déjeunèrent dans le calme et échangèrent peu sur ce nouvel événement violent. Décidément, ce séjour en Écosse, qu'ils avaient souhaité paisible et reposant, prenait une tournure dramatique. Chacun dans ses pensées réfléchissait aux implications de ce nouvel épisode. Une femme assassinée, un pub détruit, une voiture qui explose… et après ?

Mary pensa à Patricia, elle devait être terrorisée. L'article précisait qu'il n'y avait pas eu de victime, mais si elle avait été dans sa voiture au moment de l'explosion ? Elle avait imaginé un accident lorsque Lucie avait été blessée dans son pub. Là, il n'y avait aucun doute, cette explosion était criminelle.

Ronan lui aussi se demanda comment allait réagir Patricia maintenant qu'elle était devenue une cible. C'était véritablement effrayant. Andrew devait être sur les dents et vouloir à tout prix trouver qui était à l'origine de ces actes. Et s'il n'était pas assez rapide, la population lui tomberait dessus.

Ils rangèrent la table et Mary posa un tendre baiser sur la bouche de Ronan. Ils n'avaient pas besoin de beaucoup se parler pour se comprendre et Mary savait Ronan aussi préoccupé qu'elle.

— Je prends une douche et je vais rendre visite à Nora.

Ronan répondit, en contre-pied de l'événement violent et des pensées douloureuses qui les avaient assaillis au saut du lit :

— Excellente idée, profite bien de la douceur et des bienfaits des plantes.

Le chargement de la barge terminé, William quitta le quai pour se rendre au poste de police à pied. Yann resta l'attendre non loin de Patricia, qui téléphonait en faisant les cent pas. Quand elle raccrocha, elle avait les larmes aux yeux. Il s'approcha.

— Vous devez être extrêmement bouleversée, dit-il en regardant la carcasse.

— Bof, ça, ce n'est qu'un tas de ferraille.

Elle était visiblement préoccupée par autre chose.

Un tas de ferraille à 80 000 euros au bas mot! pensa Yann.

— Mon mari ne rentre pas, il a un rendez-vous extrêmement important qu'il ne peut décaler, dit-elle, furieuse.

Aïe! Le genre de truc qu'un mari ose dire à sa femme alors qu'elle aurait pu y passer. Quelle sorte de goujat pouvait bien être ce type? Il s'approcha d'elle et posa sa main sur son épaule.

— Patricia, les flics vont déployer tous leurs moyens pour trouver qui a fait ça.

Elle avait une telle détresse dans le regard que Yann en fut ému.

— Si vous avez besoin de quoi que ce soit, n'hésitez pas à venir me voir au chantier.
— Merci, Yann, dit-elle, sincère.

Andrew Steward se trouvait dans son bureau avec Emmy Somerville.
— Hier, elle reçoit un deuxième avertissement et, quelques heures plus tard, sa voiture explose. Emmy, ce crescendo ne me plaît pas, mais alors pas du tout ! Et si Patricia ne cède pas, qu'est-ce qu'ils vont faire ?
William frappa à la porte.
— Nous vous attendions, monsieur Sinclair, asseyez-vous.
William s'installa sur une chaise en bois peu confortable, face à l'inspecteur. Emmy, elle, se tenait debout, appuyée contre un meuble.
— Je ne suis pour rien dans ce qui vient d'arriver, je ne comprends pas pourquoi Patricia s'en est prise à moi.
— Elle était sous le choc, répliqua Andrew. Et elle a peur.
— Évidemment, je peux la comprendre.
— Quelles sont les relations entre vous et Patricia ?
— Je suis son amant depuis quelques semaines.
Le policier acquiesça, visiblement satisfait de sa franchise.
— Connaissez-vous Peter MacDonald ?
— Oui, un peu. Je le croise parfois au pub, comme tout le monde. Mais il est rarement présent sur l'île.
— Oui, je sais. Il passe beaucoup de temps à Londres pour affaires.
— Il sait pour vous et sa femme ? demanda Emmy.

— Je ne pense pas, et cela m'est égal. S'il tenait à sa femme, il passerait plus de temps avec elle.

— Ce n'est pas pour parler de ça que je vous ai demandé de venir au poste.

Il attrapa un dossier cartonné qu'il disposa sur le bureau.

— Où étiez-vous la nuit où le pub de votre sœur a explosé ?

William reçut cette question comme un coup en pleine figure.

— Où j'étais ? Ben, chez moi, répondit-il, stupéfait.

Il fit une pause pour se souvenir.

— J'étais seul, si c'est ce que vous voulez savoir. Et lorsque l'hôpital m'a appelé vers 8 h 45 pour m'informer que ma sœur avait été admise, j'étais chez moi et je me préparais à partir nourrir mes saumons.

Emmy ouvrit le dossier et parcourut rapidement les feuilles de papier imprimées.

— Pourquoi cette question ? demanda l'éleveur, ne sachant pas où voulait en venir le policier.

— Votre bateau a été vu quittant le quai à…

Il se tourna vers Emmy qui compléta :

— À 3 h 35 du matin.

— Pardon ?

Le sergent enchaîna :

— À 3 h 22, les caméras du port et de la George Street ont filmé une embarcation avec un homme à bord qui a accosté au quai nord. Ensuite, il a pris la direction de la ville. Sur une autre caméra, on le voit fracturer la porte du pub, pénétrer dans l'établissement et retourner au port quelques minutes plus tard.

— Vous savez donc que ce n'est pas moi !
— Non, il portait une capuche, on ne reconnaît pas son visage dans l'obscurité.
Emmy reprit la parole :
— Le chalutier *Aquila* se préparait à quitter Oban dans la nuit. Il est rentré au port hier soir et j'ai interrogé les marins. En appareillant aux alentours de 3 h 30, le patron a vu un type à bord d'un dinghy comme le vôtre prendre la direction de Kerrera.
— N'importe quoi ! Si ce qu'il a vu est vrai, ce n'est sûrement pas mon bateau, il n'a pas bougé du ponton de la nuit !
— Ou alors quelqu'un vous l'aurait « emprunté », dit Emmy.
— J'aurais entendu le moteur, ma chambre donne face à la mer.
— Il a peut-être ramé assez loin du ponton avant de mettre le moteur hors-bord en marche.
— Et je n'aurais pas remarqué une différence dans la façon d'amarrer mon bateau ?
— Cette personne est sans doute observatrice… lança Andrew.
— … et habile ! conclut l'adjointe, dont les déductions complétaient à merveille celles de son supérieur.
William se frotta le menton.
— Ouais, admettons… habile et manipulatrice. Et ce type voudrait me faire accuser du meurtre de ma sœur ?
Andrew hocha la tête.
— Ça ne tient pas debout. Pourquoi aurais-je voulu la mort de Lucie ?
Les deux policiers regardèrent William sans répondre.

— Je m'entendais bien avec elle, il n'y a jamais eu le moindre problème entre nous !

— Quelqu'un vous en voudrait ?

— Non, assura-t-il. J'ai bien eu quelques problèmes au moment de mon installation, mais c'est du passé.

— Ah oui ?

— Les élevages de poissons ne sont plus très bien vus dans le coin. On pollue les habitats naturels, il paraît… Des opposants ont voulu me mettre des bâtons dans les roues, mais j'ai obtenu toutes les autorisations pour créer mon entreprise.

— Ça vous fait un point commun avec Madame MacDonald. Vous attisez la colère des écologistes.

Il haussa les épaules, comme si cela n'avait pas beaucoup d'importance.

— Si on en voulait à mon entreprise, on aurait fait exploser mes cages à saumons, on ne s'en serait pas pris à ma sœur.

— Autre chose ?

— Non, je ne vois pas.

— Et vos anciennes relations, les petites frappes d'Oban ?

— Évidemment, j'étais sûr que vous iriez fouiller… C'était il y a plus de quinze ans ! Une période qui est révolue depuis longtemps. Quand nous avons quitté Glasgow avec ma mère et ma sœur, toute ma vie était là-bas. J'avais quatorze ans, mes copains, ma petite amie Linda, je jouais au rugby dans le club de Hyndland et on vivait à Dunglass Avenue, dans un quartier calme et plutôt chic. Mon père était directeur du chantier naval de Govan. Quand il est mort, notre vie a basculé. Du jour au lendemain, tout ça était fini. J'avoue que j'en ai été déstabilisé et, pendant quelque temps, j'ai un peu déconné. J'en ai fait baver à ma mère, la pauvre…

— De quoi votre père est-il mort ?

— Il a vécu des moments difficiles dans les années 90, le chantier naval qu'il dirigeait avait de grosses difficultés. Une grève a paralysé l'activité plusieurs semaines, une grosse boîte a racheté l'entreprise, il est resté directeur, mais, quelques mois plus tard, il a fait un infarctus.

Après cette parenthèse sur l'histoire familiale, Andrew recentra l'interrogatoire.

— Et Monsieur MacDonald ? Vous avez bien une relation avec sa femme, non ?

— Mouais… Je ne crois pas une seconde qu'il en veuille aux amants de sa femme.

— Pourquoi, elle a plusieurs amants ?

— Elle ne me l'a pas dit, mais ce n'est pas exclu. Ce type est un abruti, un riche et pitoyable abruti qui méprise sa femme.

— Il ne la mérite pas, d'après vous ?

— De la confiture aux cochons, voilà ce que je pense. Je ne sais pas pourquoi elle ne le quitte pas. Enfin, ça, c'est son affaire.

Andrew Steward clôtura l'entretien et se leva pour raccompagner William Sinclair. Il retourna à son bureau où Emmy se trouvait toujours, les yeux dans le dossier. Il se laissa tomber dans son fauteuil et croisa ses mains derrière la tête.

— Plus ça va, moins j'y comprends quelque chose.

— Pareil. Je suis perdue.

Elle balança le fichier sur le bureau.

— Quelqu'un voudrait faire accuser William du meurtre de sa sœur ?

Andrew ouvrit le dossier Sinclair et relut la lettre de menace reçue par Lucie. *Les salauds finissent toujours par payer, ce n'est qu'une question de justice.*

— Ce qui expliquerait pourquoi cette lettre évoque « les salauds » ? Si c'était Lucie qui était visée, ce serait écrit au féminin, non ? demanda Andrew en réfléchissant tout haut.

Emmy acquiesça.

— William serait la cible ? On aurait tué Lucie pour faire payer son frère ?

— Pour faire souffrir quelqu'un, s'en prendre à un proche, ce n'est pas invraisemblable.

— Mais qui ?

— De mauvaises fréquentations, ce n'est pas ce qui manque dans ses anciens potes. Il a peut-être fait des crasses à l'un d'entre eux autrefois ?

— Quelqu'un qui voudrait se venger... Mouais, fit Emmy. Ce qui veut dire que William est une possible future cible ? On le met sous protection ?

— Discrètement, très discrètement...

Un policier frappa à la porte entrouverte et entra.

— Oui, Mark ?

Son visage dans l'entrebâillement de la porte laissait transparaître une déception évidente.

— J'ai vérifié les caméras du port. Aucune ne couvre l'endroit où était garé le Range Rover.

— Et merde ! lâcha Andrew Steward.

Mary passa près du pub pour voir si Jenny s'y trouvait. Cette dernière l'aperçut et lui ouvrit immédiatement sa porte.

— Tu es au courant de ce qui s'est passé ? demanda Jenny sans préambule.

— Oui, j'ai entendu l'explosion.

— C'est invraisemblable.

— C'est terrible… heureusement qu'il n'y a pas eu de blessé.

— Patricia était chez elle à cette heure-là, une chance ! Mais jusqu'où ça va aller, cette violence, Mary ?

Le regard de la patronne du pub reflétait une grande tristesse mélangée à de la colère et de la peur.

Danny arriva à son tour au pub.

— Bonjour, vous avez appris la nouvelle ?

— Oui, on est au courant, répondit Jenny.

— Si ça continue, Oban va devenir pire que le quartier le plus pourri de Glasgow, dit-il.

Jenny apprécia moyennement la comparaison. Il s'excusa, se rendant compte que son humour était de mauvais goût.

— Il y a des réservations pour ce midi ?

— Oui, une table de quatre et une autre de six couverts.

— OK !

Il entra prendre son service.

— Danny quitte bientôt son poste, dit Jenny. Il faut que je trouve quelqu'un pour finir la saison.

— Ah oui ? fit Mary.

— Il va travailler chez un ami qui tient un pub à Inverness. Mais il m'a promis de partir uniquement quand j'aurai trouvé un autre barman pour le remplacer.

— Belle intention…

— Danny est un bon gars, malgré son look atypique.

Nora était courbée sur sa bêche, l'enfonçant dans la terre à coups de pied réguliers et évacuant la terre sur le côté. Mary arriva derrière elle et fit volontairement un peu de bruit pour s'annoncer.

— Bonjour, Nora!

— Hello, Mary, ravie de te voir!

Elle s'arrêta et planta son outil en terre.

— Tu tombes à pic, il était temps que je fasse une pause. Voilà à quoi je passe mon temps en ce moment. Pas très glamour de préparer le terrain, mais ça fait partie du job, dit-elle, légèrement essoufflée.

— Que vas-tu planter dans cette parcelle?

— De la verveine et de la marjolaine.

Mary regardait la vaste étendue de plants de thé qui s'étalait vers l'ouest du champ.

— Le climat écossais est propice à la culture du thé?

— J'y plante une variété qui pousse au pied de l'Himalaya, du *Camellia sinensis sinensis*. Les jeunes plants doivent être gardés en serre à l'abri des hivers rigoureux, mais lorsqu'ils sont plus matures, ils s'adaptent bien à notre climat et résistent même à la neige.

— Je n'aurais jamais pensé trouver ce genre de plantation ici. Qu'est-ce qui t'a donné l'idée de faire cette activité?

— Oh, c'est une longue histoire… qui remonte à très longtemps! Pour tout te dire, c'est ma grand-mère marocaine qui m'a rendue dingue de thé. Quand on allait chez elle à Essaouira, le thé à la menthe, c'était la base. Elle cultivait de la menthe Nanah dans son jardin et nous en préparait tous les jours. J'avais l'impression que ce breuvage nous emplissait de son pays, de sa culture, mais aussi de son esprit. Bref, j'ai toujours adoré ça et, quelque part dans ma tête, j'ai toujours voulu faire comme elle : donner du bonheur à boire.

Nora parlait de ce souvenir avec des yeux étincelants, sa grand-mère avait été quelqu'un d'important pour elle.

— Ma grand-mère n'est plus de ce monde mais je sais que son esprit m'accompagne toujours, continua-t-elle, sûre que cette affirmation parlerait à Mary.

Elle lit en moi, pensa celle-ci.

— J'ai suivi une formation en horticulture près de Londres et j'ai travaillé quelques années dans une pépinière. Puis le Covid est arrivé, a bouleversé beaucoup de choses dans notre vie, comme dans celle de beaucoup de gens d'ailleurs. Tim a eu l'occasion de s'installer dans cette ferme et on est vraiment tombés amoureux du coin. Au début, j'ai travaillé avec lui à plein temps, puis une idée a germé en moi. Je voulais pouvoir partager les richesses de cette île avec les autres. Alors, je me suis dit qu'il fallait produire des plantes ici même et transmettre leurs bienfaits. Et tout s'est ouvert à moi, c'était le bon moment de réaliser mon rêve, de donner du bonheur à boire.

— C'est joliment dit !

Nora invita Mary à poursuivre dans la serre voisine. Elle emprunta un tout petit chemin qui se faufilait entre les plantes et caressa de sa main les hampes de feuillage près desquelles elles passaient.

— Cardamone, chèvrefeuille, camomille, voilà celles qui viennent compléter les feuilles de thé vert, noir ou blanc. Mais ce n'est pas tout.

Elle ressortit à l'air libre.

— Ce qui fait la richesse de mes thés est à l'extérieur. Suis-moi !

Elle monta sur un coin de lande surélevée qui dominait le chemin et d'où la vue s'étendait de Oban à l'est à l'île de Mull à l'ouest.

— Notre territoire est exceptionnel et je veux à tout prix qu'il soit présent dans mes productions. C'est la nature qui accepte de donner ses bienfaits, et je l'en remercie. Les roses du jardin, les fleurs d'ajoncs, les orties et la bruyère que je cueille dans la lande, là-bas, dit-elle en montrant la colline voisine.

— Dis-moi, tu assembles tous ces produits comme un maître de chai fait ses assemblages de cépages ?

— Exactement, le procédé est très proche ! Tu t'y connais en vin ?

— J'ai travaillé autrefois chez un producteur de cognac, mais c'était dans une autre vie.

— Et tu as une autre activité aujourd'hui ?

— J'ai ouvert une galerie d'art à Cork.

— Génial… et ça te plaît ?

— Beaucoup.

— Il faut parfois louvoyer avant de trouver ce qui nous convient, dans le travail et dans la vie en général. Je sens de la douleur en toi. Tu y as laissé des plumes ?

Encore une fois, Nora avait touché juste, Mary avait réussi à surmonter les accidents de la vie, et notamment la mort de son précédent compagnon, Éric, mais elle ne voulait pas en parler.

— L'essentiel est de continuer à avancer.

Les deux femmes pénétrèrent dans l'atelier, un cabanon en bois près de la maison d'habitation.

— Voilà mon antre ! C'est là que je fais sécher mes plantes et que je réalise mes mélanges.

L'endroit était un capharnaüm de caisses en bois empilées, de torchons étendus sur un fil et d'un grand établi avec plusieurs balances et une multitude de boîtes en aluminium étiquetées West tea.

Mary souleva le tissu qui recouvrait une caisse sur l'étagère.

— Des algues séchées ?

— Oui, de la dulse pour être précise. Je collecte tout ce qui fait l'identité de Kerrera. Les algues en font évidemment partie.

Nora précisa ses propos en montrant le paysage extérieur.

— Cette terre alimente ces végétaux, cette eau qui ruisselle les abreuve et la lumière de ce ciel les fait prospérer. Le vent les caresse et leur apporte les accents iodés de l'océan. Tout cet ensemble donne aux plantes et aux algues l'esprit de notre île. Cette essence n'est peut-être pas perceptible par l'œil humain, mais elle existe, Mary. Oh, ce discours, je ne le dis pas à tout le monde, bien sûr, car certains me prennent pour une illuminée ! Mais toi, je pense que tu peux me comprendre.

Mary lui fit un sourire complice.

— Alors, oui, je vends du thé et des infusions, mais avant tout, c'est un élixir magique de Kerrera que je délivre dans ces petites boîtes, mais chut, fit-elle, l'index sur la bouche. Pour le percevoir, il faut déguster ces breuvages en toute conscience de ce qu'ils représentent, alors c'est un vrai miracle qui se produit.

— Je pense que je ne verrai plus le thé de la même façon, conclut Mary alors qu'elles quittaient la cabane aux thés.

Un oiseau qui tournoyait au-dessus d'elles attira leur regard.

— Un faucon sauvage, s'exclama Nora. Tu en as déjà vu ? Il y en a beaucoup dans la région. Enfin, je devrais plutôt dire qu'il y en avait beaucoup.

— Ah bon ? Ils sont en voie d'extinction ?

— Depuis quelques années, c'est un véritable trafic d'œufs qui met l'espèce en danger. Dans tout le Royaume-Uni, des réseaux organisent le pillage des nids pour exporter ces œufs au Moyen-Orient. Il paraît que, là-bas, ils élèvent ces faucons et les dressent pour des courses.

— Non…

— Au marché noir, ces œufs se vendent à prix d'or, dit-elle, dépitée.

Le fourgon de police aux couleurs bleues et jaune fluo quitta son stationnement de la rue d'Albany et Andrew, au volant, avec quatre coéquipiers, prit la direction de Gallanach, au sud d'Oban. Trois kilomètres plus loin, le véhicule embarqua sur la barge-ferry de la Calmac pour rejoindre Kerrera. Un chargement inhabituel pour le capitaine du bateau, plus habitué à transporter des cyclistes ou des piétons avides de découvrir les paysages de l'île. Au bout de quelques minutes de traversée, la barge ouvrit sa proue articulée sur la cale et le van démarra. Andrew prit la direction du nord sur une route étroite.

Mary s'apprêtait à quitter la ferme d'Ardantrive. Elle était ravie d'avoir découvert l'activité de Nora. Discuter avec elle lui avait fait un bien fou. Écouter parler des gens passionnés qui donnent du sens à leur vie était tout simplement un enchantement.

Nora regarda sa montre.

— Mince, les légumes de Jenny, j'ai failli oublier ! Elle a commandé à Tim des courgettes et des carottes.

— Je passe tout près du pub, je peux les lui apporter, proposa Mary.

— Merci, Mary, sympa de ta part.

Elle entra dans la grange de la ferme pour prendre le cageot.

Le fourgon de police arriva à grande vitesse et ralentit à peine en rasant les deux femmes. Quelques cailloux giclèrent dans son sillage. Soudain, Mary ressentit une rupture, comme si elle était passée d'un monde féerique à la réalité triste et sinistre.

— Tu sais que la voiture de Patricia a été prise pour cible ? demanda Mary.

— Oui, je sais. Des militants extrémistes, sûrement, se désola Nora. Je suis moi aussi contre l'exploitation de la mine. Extraire des minerais quand c'est utile, je peux comprendre, mais cette mine ne sert qu'à une chose : étaler cet or en pendentifs ou sur les doigts, ça me dégoûte ! Sérieusement, est-ce que les gens se posent des questions ? Je m'emporte, Mary, car ça me met hors de moi. Mais là, avec ce qui vient de se passer, cette lutte contre la mine va beaucoup trop loin. Manifester, oui, mais faire exploser sa voiture, c'est exagéré. Je n'ai même pas envie d'en parler, tellement tout ce qui se passe en ce moment me rend triste.

Les paroles de Nora firent écho à ceux de Lisa. Décidément, cet or local avait l'air de choquer plus d'un Écossais.

Andrew gara le véhicule sur le parking du chantier naval. Gordon, qui était sur son bateau au ponton, arriva immédiatement. Voyant son air inquiet, Andrew Steward prit les devants.

— Bonjour, Gordon, avez-vous vu Patricia MacDonald aujourd'hui ?

— Non, mais je pense qu'elle est chez elle, son bateau y est amarré, dit-il en regardant l'île de l'autre côté du port. Il y a un problème ?

Stephen, Sofia et Yann qui travaillaient sur le *zulu* sortirent du chantier, attirés par le bruit inhabituel d'un gros véhicule.

— Non, le rassura le policier, quelques « vérifications ». Vous n'ignorez pas ce qui vient d'arriver à sa voiture, je suppose.

Gordon hocha la tête. Pendant ce temps-là, deux policiers s'étaient faufilés autour du *zulu* et regardaient partout dans le hangar. Deux autres faisaient la même chose entre les bateaux entreposés sur l'aire de stockage. Gordon était surpris et même contrarié qu'on vienne fouiller sa propriété, mais il ne dit rien.

— Vous cherchez quelque chose ? demanda Yann.

Andrew ignora la question, puis il s'adressa à son équipe.

— Allez, on y va ! fit-il de la main.

Il prit la tête du cortège sur le chemin qu'on ne pouvait emprunter qu'à pied et qui menait de l'autre côté du port. La marée était basse, ce qui leur permit de regagner Rudh-a-Chruidh à pied sec. L'îlot devait s'élever à une dizaine de mètres d'altitude, et faire un hectare, superficie bien plus importante à marée basse, quand l'estran se découvrait autour de la propriété. Ils quittèrent la grève et ses cailloux dangereux pour les chevilles et arrivèrent sur un chemin parsemé de pas japonais disséminés sur une pelouse d'un vert éclatant, tondue impeccablement.

Andrew sonna à la porte et, quelques instants plus tard, Patricia ouvrit en grand. Elle était rentrée d'Oban dans la matinée et s'était jetée sans retenue sur son violoncelle. Elle avait joué un long moment sans réussir à être satisfaite du son qu'elle produisait, car elle n'arrivait pas à maîtriser sa nervosité. Après l'explosion de son véhicule, elle était dans un état de stress inédit.

— Bonjour, madame MacDonald.

— Vous avez du nouveau ?

— Nous allons procéder à quelques vérifications. Monsieur MacDonald est présent ?

— Non, comme toujours à Londres.

— Nous allons inspecter votre propriété, dit-il en faisant tourner son index d'un mouvement circulaire en l'air, si vous n'y voyez pas d'inconvénient, bien sûr. Après ce qui s'est passé en ville hier, il faut s'assurer que vous êtes en sécurité.

— Vous redoutez qu'on fasse exploser ma maison ?

Andrew ne répondit pas.

— Faites, je vous en prie.

Elle referma la porte.

Les policiers se déployèrent sur toute la surface de la petite île. Ils fouillèrent un cabanon où se trouvaient du matériel de jardin, des chaises longues et une panoplie de clubs de golf. La pelouse environnant la maison était en effet aménagée d'un practice. Au milieu du terrain, une plateforme circulaire en béton avait été construite pour servir d'héliport. Ils descendirent la passerelle qui menait au ponton où se trouvait le Riva et fouillèrent le bateau intégralement. De loin, les ouvriers du chantier observaient la scène.

— C'est avec ce genre d'actions qu'on doit se sentir en sécurité ? ironisa Sofia. *Dello spettacolo.*

— Tu abuses, dit Yann. Il faut bien qu'ils fassent quelque chose, après ce qui s'est passé hier.

Une fois leur tour de l'île terminé, ils revinrent à la porte d'entrée.

— Voulez-vous aussi fouiller la maison ? demanda Patricia.

Andrew entra avec son équipe et ils réalisèrent une inspection rapide de l'habitation, puis se retrouvèrent sur le seuil de la villa.

— Vous savez, j'envisage de fermer ma mine. Je n'ai pas envie d'être la prochaine victime.

— Vous cédez aux intimidations ?

— Que voulez-vous que je fasse ? Cette mine ne mérite pas que je meure pour elle. Cette exploitation a été créée par mon père il y a quelques décennies. À l'époque, on ne se posait pas tellement de questions, mais maintenant cette activité n'est plus dans l'air du temps. Au fond, je n'y suis pas plus attachée que ça et les recettes que j'en retire sont loin d'être mirobolantes.

Andrew était étonné d'entendre ce discours. Il pensait au contraire que cette femme à la forte personnalité n'aurait que faire des menaces et peut-être même s'entêterait-elle encore plus contre ses opposants.

— À vous de voir. Mais sachez que, même si vous décidez de plier face à vos détracteurs, nous n'abandonnerons pas nos investigations et nous allons renforcer la surveillance.

Elle haussa les épaules, comme si cette information ne changeait pas grand-chose pour elle.

— Votre enquête a-t-elle avancé ?

— Nous orientons nos recherches auprès de personnes qui ont manifesté à Cononish au printemps dernier.

Patricia resta sceptique, cette information ne modifiant en rien son opinion sur l'enquête.

— Merci de votre coopération, madame MacDonald. N'hésitez pas à me contacter si vous observez quelque chose d'anormal.

— Comme quoi ? Si ma maison explose ou si on me tire dessus, par exemple ? dit-elle, volontairement provocante.

— En tout cas, si quelqu'un a l'idée de s'en prendre à vous, il saura que vous êtes surveillée de près.

Ainsi, l'inspecteur avoua à demi-mot que cette opération était destinée à montrer que les flics étaient vigilants.

Andrew et Emmy quittèrent Rudh-a-Chruidh et entrèrent au pub. L'inspecteur-chef se dirigea vers Jenny, en cuisine, et son adjointe, vers Danny, au bar. Un groupe de randonneurs était attablé au fond de la salle, près de la cheminée. L'un d'eux s'appuya au comptoir pour commander.

— Trois pintes de McEwan's et trois pintes de cidre, s'il vous plaît.

Danny hocha la tête, saisit les verres et commença à tirer les bières rousses écossaises. Emmy observa les tatouages du jeune homme, habillé d'un tee-shirt noir. Elle pouvait distinguer les dessins qui s'étalaient de ses mains à ses biceps. Elle attrapa son téléphone portable et fit mine de consulter ses messages, mais au lieu de cela, elle prit plusieurs photos à l'insu de Danny. Pourquoi avait-elle l'idée de le faire ? Elle l'ignorait, mais Emmy fonctionnait à l'instinct, ce qui l'aidait souvent dans les enquêtes. Emmy et Andrew demandèrent au barman et à sa patronne s'ils avaient constaté quelque chose d'inhabituel autour de chez la violoncelliste, mais tous deux répondirent par la négative.

Les policiers quittèrent le pub au moment où Mary allait y entrer. Andrew la salua.

— J'ai entendu l'explosion ce matin, dit Mary.

— Nous allons renforcer la protection de Madame MacDonald, annonça-t-il.

— Très bien, très bien. Je peux vous dire un mot ?

Elle s'écarta près de la remise du pub en faisant signe au policier de la suivre.

— Vous avez un suspect, concernant le meurtre de Lucie ?

— Pas à ce stade de l'enquête, mais nous avançons.

— Il y a quelque chose que vous devriez savoir, fit-elle à voix basse. J'ai appris, de source sûre, qu'il y avait possiblement un conflit d'argent entre Lucie et son frère. Elle lui a prêté une grosse somme pour qu'il monte son élevage.

— Ah oui ? De qui vous tenez ça ? Jenny Ross ?

Mary hocha la tête.

— Intéressant…

— J'ai pensé que ça pourrait faire avancer votre enquête, en effet.

Le policier lui rendit un regard mi-irrité, mi-reconnaissant. Ils se saluèrent et Mary entra dans le pub pour livrer son cageot. Jenny, occupée dans la cuisine, lui demanda de le poser sur le comptoir et la remercia. Quand Mary ressortit, Danny, un carton dans les mains, refermait la remise.

— Bonjour, lança le serveur en la croisant.

Mary fit un bond. Avait-il entendu ce qu'elle disait au policier ? Elle s'en voulait terriblement. Comment avait-elle pu être si peu prudente ? Et s'il rapportait à Jenny ce qu'il avait entendu ?

CHAPITRE 9

Au pub, Mary était assise près de la cheminée dans laquelle quelques briques de tourbe brûlaient. Ronan était parti au chantier vérifier le calage du bateau, car la météo annonçait un peu de vent en fin de nuit. William sirotait une bière, assis au comptoir, et deux couples qui avaient amarré leur voilier dans la marina en fin d'après-midi finissaient leur repas dans la salle.

La voix de Tessa s'échappa de la cuisine.

— Maman, je peux avoir une glace ?

— Ce n'est plus l'heure pour ça, file à la maison te coucher. Papa t'attend.

La petite fille n'insista pas. Elle embrassa sa mère et quitta le pub.

Une des affiches qui ornaient le mur attira l'attention de Mary. Le visuel montrait Patricia entourée d'une multitude de musiciens. L'orchestre symphonique de Glasgow était annoncé en concert le dimanche après-midi à la tour McCaig d'Oban.

Voilà une belle occasion qui ravit Mary, elle qui avait très envie d'entendre Patricia jouer.

La porte d'entrée s'ouvrit et la violoncelliste apparut. Son regard balaya la salle en même temps qu'elle salua. Mary pensa qu'elle allait s'installer près de William. Elle passa près de lui en lui adressant un rapide bonjour.

— Bonjour, Patricia. Comment vas-tu ?

— Ça pourrait aller mieux, tu t'en doutes. Danny, peux-tu me servir un pinot gris, s'il te plaît ?

— Bien sûr, fit le serveur.

Patricia n'attendit pas le verre et elle se dirigea vers Mary.

— Mary, je ne vous dérange pas ?

— Non, pas du tout, asseyez-vous, fit Mary en montrant le fauteuil en velours rouge placé près d'elle.

Patricia s'installa maladroitement. Elle avait une grande tristesse dans le regard et Mary remarqua ses yeux rougis. Elle imagina des larmes, mais aussi certainement un peu trop d'alcool.

— Comment allez-vous, Patricia ?

Elle soupira.

— Je me sens perdue… Il y a quelques jours encore, tout allait bien et, là, les événements dramatiques s'enchaînent, je ne comprends pas.

Danny apporta le verre à table.

— Voulez-vous quelque chose ? proposa la musicienne.

— Merci, fit-elle en montrant la tasse de thé à peine entamée. La police va bien trouver qui a fait ça.

— Je crois que ceux qui luttent contre ma mine ont raison. Je dois arrêter.

Elle avait les larmes aux yeux, Mary décida de changer de sujet.

— J'aimerais bien vous entendre jouer, Patricia. J'ai vu que votre orchestre serait à Oban dimanche prochain.

— Oui, nous serons dans l'enceinte de la tour McCaig. Ça va être génial de jouer là-bas, c'est une première dans cet endroit. Je serais ravie de vous inviter avec Ronan. Je serai à Glasgow demain pour la répétition générale.

Après ce moment joyeux, Patricia changea de mine.

— Je suis inquiète, Mary.

— Qu'est-ce qui ne va pas ?

— Je n'arrive pas à jouer en ce moment. Je n'arrive pas à me concentrer sur ma musique. J'espère que, dimanche, j'aurai retrouvé toutes mes capacités.

— Ce n'est pas étonnant après ce qui vous est arrivé. Vous êtes quelqu'un de sensible, c'est normal que vous en soyez touchée.

Patricia but une bonne gorgée de vin blanc.

— Vous savez, les gens ici n'ont pas cette image de moi. Ils me voient comme une femme riche à qui tout réussit. Mais ils se trompent. La musique exige bien des sacrifices, rien n'est facile. Et si je suis parvenue à mon niveau actuel, je ne le dois qu'à une seule chose, le travail.

— Il est facile de se faire une image d'une personne quand on ignore tout d'elle.

— Oh, bien sûr, je profite des nombreux avantages que la notoriété m'apporte, les voyages, les hôtels de luxe, restaurants et réceptions. J'ai une belle propriété et j'aime les choses de qualité. Ma stature me permet de rayonner sur les hommes. Je les attire comme des aimants et, voyez-vous, cela suscite beaucoup de jalousie. Je vais être franche avec vous, j'ai décidé de ne pas me priver de ce que la vie me procure. Cela choque les gens. Mais je les emmerde, ils ne connaissent rien de moi.

Patricia n'évoqua pas son mari, mais Mary sentit que son absence était au cœur de ses préoccupations.

— Vous êtes heureuse quand vous jouez?

Son regard s'illumina.

— Quand je joue, je suis la femme la plus heureuse au monde! Je suis dans une autre dimension, en phase avec la création d'un compositeur que je n'ai jamais connu, mais que j'ai pourtant l'impression de connaître intimement. Dans mes interprétations, tout n'est qu'équilibre. Trouver le juste milieu pour servir l'œuvre musicale du compositeur sans s'imposer, c'est passionnant, vous savez.

Elle fit une pause et but une gorgée de vin.

— Dans la musique, il n'y a rien de rationnel. Oh, bien sûr, il y a une logique dans l'écriture des notes sur la portée, une chronologie, mais il y a surtout des vibrations et des émotions qui n'ont rien de matériel et qui vous font entrer dans un monde spirituel et onirique.

Mary fut touchée par ces mots. Jamais elle n'avait entendu parler de la musique en ces termes. Elle fit un parallèle avec la conversation qu'elle avait eue avec Nora. Comment interpréter cette vision des choses? L'Écosse permet-elle de s'ouvrir à un univers invisible, à la spiritualité? Patricia dévoilait une facette secrète et sensible de sa personnalité. L'alcool avait peut-être désinhibé les paroles de la violoncelliste, mais Mary pensa que peu de gens l'avaient questionnée sur ses véritables aspirations alors qu'elle était ravie de les partager.

Les deux couples quittèrent les lieux après avoir réglé leur note. Ronan arriva au pub et salua William, toujours seul au comptoir.

— Je vous offre un verre ? demanda William.

— Pourquoi pas ? Une Tennent's.

— Danny, tu me remets aussi un autre whisky, s'il te plaît ? La peinture avance bien ?

— Oui, avec ce temps magnifique, j'arrive à travailler tous les jours.

— Il fait souvent beau aux grandes marées d'équinoxe.

La patronne sortit de la cuisine et arriva derrière le comptoir alors que Danny servait les deux verres. Elle les salua en commençant à vider le lave-vaisselle qui venait de s'arrêter.

— Bonsoir, répondirent Ronan et William.

Patricia et Mary, à l'écart, lui firent un signe de la main. William avait une tête inhabituelle, Jenny le remarqua tout de suite. Elle supposa qu'il avait les yeux rougis par l'alcool et il ne la quittait pas du regard alors qu'elle se déplaçait sur toute la longueur du comptoir pour ranger la vaisselle.

— Tu vas pouvoir enfin acheter le Cuan Mor, maintenant.

— Que dis-tu ? dit-elle, stupéfaite.

— Maintenant que ma sœur n'est plus là, tu vas pouvoir racheter le pub… Il ne va pas être très cher, vu l'état…

Ronan, surpris, se raidit. Patricia et Mary arrêtèrent de discuter et tendirent l'oreille.

— Ça ne va pas, non ? s'exclama Jenny.

— Non, ça ne va pas, en effet ! lui répondit William, direct. Cette situation va peut-être arranger tes affaires.

Devant le regard interrogatif de Ronan, William s'expliqua.

— Ce que vous ignorez, dit-il à l'adresse de tous, c'est que Jenny voulait absolument s'installer en ville, il y a quelques années. Le Cuan Mor était en vente, mais c'est à ma sœur qu'il a été vendu.

Il la regarda avec insistance.

— Tu en as été malade, non ?

— Ce que tu dis est exact, ça fait longtemps que je vis sur l'île et j'aimerais bien la quitter pour m'installer sur le port. Lucie et moi, on était en concurrence pour racheter l'affaire, mais c'est elle qui l'a emporté. Mais que veux-tu insinuer ?

— Que tu vas pouvoir racheter le pub à un prix modique et réaliser tes souhaits.

— Salaud ! Et j'aurais tué ta sœur pour ça ?

Danny, qui redoutait la colère de sa patronne, posa sa main sur son bras, l'incitant à la retenue. Ronan, Mary et Patricia étaient inquiets de la tournure de la conversation.

— Puisqu'on en est aux confidences, tu pourrais peut-être nous dire si tu as remboursé l'argent que ta sœur t'a prêté.

William ignorait visiblement que Jenny détenait cette information.

— Et en quoi ça te regarde ?

Jenny eut un rire nerveux.

— La mort de ta sœur t'arrange peut-être plus que moi… Une telle occasion, ça ne se refuse pas, ça peut même se créer.

William serra fort son verre et son corps se crispa. Ronan crut qu'il allait sauter par-dessus le comptoir. Le bruit de la porte fit diversion et Gordon entra, accompagné d'un homme taillé comme un rugbyman.

La tension redescendit d'un coup.

— Ah, tiens, on ne l'attendait pas, celui-là, marmonna William.

— Ravi de te revoir aussi, ironisa l'homme.

— Martin, le fiancé de Lucie, qui est aussi le frère de Tim Green, le fermier d'à côté, annonça Gordon.

— Je te remercie de m'avoir prévenu, dit amèrement Martin à l'attention de William.

— Pour tout te dire, ma sœur m'a à peine parlé de votre relation et elle n'a même daigné m'avertir de son départ en Australie.

Martin resta figé. Conscient d'y être allé un peu fort, William tempéra ses paroles.

— Comment l'as-tu appris ?

— Par les nouvelles. Quand on est loin, on suit les médias du coin pour savoir ce qui se passe au pays. Et puis Kate m'a appelé.

Mary, toujours assise avec Patricia, tendit l'oreille.

— Jenny, tu peux me servir une pinte de Tennent's, s'il te plaît ?

Danny lui fit signe qu'il s'en chargeait.

— Celle-là, je ne veux même plus en entendre parler, compléta l'Australien.

— Pourquoi ?

— Je suis passée la voir avant de venir à Oban. Kate et moi, on a été ensemble il y a quelques années, on a vécu deux ans à Glasgow. Et tu sais quoi ? Elle a proposé que je revienne avec elle, maintenant que Lucie est morte… Elle est prête à venir s'installer avec moi, à Perth. Elle me donne envie de vomir, fit-il, dégoûté.

Un long silence se répandit dans la salle, tout le monde était stupéfait. Au bout de quelques instants de blanc, Gordon rompit la gêne générale en enchaînant sur une banalité.

— Toi aussi, tu as habité Glasgow, non ? demanda-t-il à Danny.

— Ouais, j'ai grandi à Paisley, puis à Castlemick, un quartier ouvrier.

— Castlemick ? s'étonna Jenny. C'est un des quartiers les plus dangereux de la ville, non ?

— C'est ce qu'on dit… On y survit, et on peut aussi le quitter, la preuve.

— Tant mieux pour toi, se réjouit Jenny. Et tu as toujours de la famille là-bas ?

Ronan, qui observait le jeune homme, sentit qu'il s'était tendu.

— Mon frère, dans l'East End.

À sa réponse, Jenny coupa court. Elle savait bien que l'East End était lui aussi un des quartiers les plus mal famés de Glasgow. Danny aperçut sa gêne.

— Vous regrettez de m'avoir embauché ?

— Non, bien sûr que non.

— Je vous assure, je ne partirai pas avec la caisse, glissa-t-il avec un sourire en coin.

— Tu ne m'avais pas dit que tu venais de ce coin-là…

— Vous ne me l'avez pas demandé. D'ailleurs, vous ne m'avez pas beaucoup questionné lorsque vous m'avez reçu en entretien.

Il avait retourné la situation en un instant pour culpabiliser Jenny. C'est vrai, les candidats ne s'étaient pas bousculés pour cet emploi saisonnier et

Jenny, qui avait voulu assurer un recrutement rapide, n'avait pas été exigeante. Elle avait reçu deux candidats et Danny semblait être le plus expérimenté. C'est uniquement cet argument qui l'avait guidée dans son choix. Puis, son cerveau chassa les alertes grégaires pour des considérations plus rationnelles.

— Ta carte d'identité et tes références d'ancien barman m'ont certainement suffi pour ce poste de saisonnier. Pourquoi dis-tu cela, j'aurais dû me méfier ?

— Non, bien sûr que non, la rassura-t-il en riant.

La tension que Jenny avait sentie monter redescendit d'un coup. Ronan eut une drôle d'impression. Le barman avait l'air habile et tors à la fois, il ne s'en était pas rendu compte jusqu'à présent. Fallait-il s'en méfier ?

— Un autre whisky, William ? demanda Ronan en regardant le verre à sec.

— Merci, mais je m'arrête là pour ce soir.

— Moi aussi, je capitule, je suis crevé.

Le Breton se leva, se rendit auprès de Mary et l'embrassa sur la joue.

— Je te rejoins dans un instant, dit Mary.

Ronan lança un bonsoir général et quitta le pub. Jenny, elle, retourna en cuisine.

— Allez, bonne nuit tout le monde, je file me coucher. Je te laisse fermer, Danny ?

— Pas de problème, à demain.

William vida le fond de son verre et quitta lui aussi le pub après un bonsoir général.

— Il est anéanti, dit Patricia. Vous avez vu la tristesse qu'il a dans le regard ?

Mary hocha la tête.

— William est un brave gars. Il lutte pour mener à bien son entreprise. Il produit des saumons de grande qualité, mais il a du mal à se faire une place à cause des gros producteurs de la région. Heureusement qu'il a trouvé un marché à l'export. Yann lui a fait connaître un client en Bretagne.

— Oui, il en a parlé à Ronan, c'est une entreprise de Douarnenez, c'est près de Penmarc'h d'où Ronan est originaire.

— J'aime beaucoup William. On se voit depuis quelque temps. J'aime sa personnalité. C'est quelqu'un qui a des faiblesses, quelqu'un qui aurait pu mal tourner…

Elle réfléchissait en même temps qu'elle parlait, semblant chercher ses mots.

— Oui, j'aime beaucoup la fragilité chez les hommes, ça les rend attachants.

Elle termina son verre et soupira. Mary regarda sa montre.

— Déjà 22 heures ?

Patricia se leva et embrassa Mary.

— Merci pour ce moment en ta compagnie, Mary, c'était vraiment chouette. Bonne nuit.

— Bonne nuit, Patricia.

La musicienne s'éclipsa en faisant un signe de la main au barman, à Gordon et à Martin.

Après avoir discuté un moment, eux aussi quittèrent le pub, Gordon rentra chez lui et Martin prit la direction de la ferme des Green.

Mary débarrassa sa tasse et le verre et les déposa sur le comptoir.

— Cette journée m'a usée. Il est temps que j'aille me coucher. Quelle mouche les a piqués ce soir ? C'est l'heure des règlements de compte, on dirait.

— Mouais, ça devient complètement glauque, ils partent tous en vrille ici. Heureusement que je me barre bientôt, confia Danny.

Mary était dans ses pensées.

— William exagère sûrement lorsqu'il accuse Jenny. J'ai cru comprendre que son entreprise connaissait des difficultés financières. Ce genre de problème, en plus de la mort de sa sœur, doit le mettre à cran. Et cette Kate, non, mais quelle indécence ! Elle m'avait fait une impression bizarre lorsque je l'ai rencontrée, mais qu'elle veuille mettre à son profit la mort de sa meilleure amie, alors, là…

— Vous l'avez rencontrée ? s'étonna Danny.

— Oui, je suis allée la voir il y a deux jours. Vous n'ignorez pas que j'ai porté secours à Lucie lorsque l'explosion a eu lieu ?

— Non, en effet.

— Eh bien, j'avais promis de venir la voir le lendemain. Elle a eu le temps de me dire qu'on la menaçait… Mais qui a bien pu s'en prendre à elle ? Et à qui profite sa mort ? Cette histoire est complètement dingue.

Elle fit une pause et marmonna pour elle-même :

— Il y a quelqu'un derrière tout ça… quelqu'un qui tire les ficelles en douce et qui s'amuse.

— Vous vous faites du mal, Mary. À votre place, je ferais attention, vous ne savez rien de ce qui se passe ici et l'ambiance est devenue si malsaine…

Elle ne décela aucune menace dans le regard de Danny, juste une mise en garde sincère. Puis elle pensa à Lucie.

— Mais il faut que justice soit faite !

Danny, qui n'avait visiblement pas envie de poursuivre la discussion, ne répondit pas et continua à ranger des verres sur une étagère. Mary enfila sa veste et ajouta :

— Bon, il faut que j'aille me coucher si je veux être en forme demain, je suis K.-O. La météo s'annonce correcte pour une excursion. Au revoir, Danny.

— Moi aussi j'en ai presque terminé. Bonne nuit, Mary, et bonne rando, répondit Danny, qui s'apprêtait à passer la serpillière dans le pub après son départ.

Mary pensait rentrer au cottage par la grève, mais le manque de lumière, malgré le rayonnement de la lune, lui fit changer d'avis, elle emprunta le chemin habituel.

Ronan était assis dans le fauteuil, tout près de la cheminée où rayonnait le feu de tourbe. Sur ses genoux, il tenait un beau livre de photographies d'Écosse qu'il avait trouvé dans la bibliothèque.

— Je me fais une infusion, tu en veux ?

— Mouais, dit-il sans quitter des yeux le livre.

Mary choisit la boîte où était inscrit « Sables émouvants ». Verveine, camomille, ortie, dulse, voilà une composition qui l'intriguait.

Elle déposa un plateau avec une théière et deux mugs et s'assit dans le fauteuil. Ronan montra à sa compagne une double page ouverte.

— Regarde, c'est le château de Gylen. C'est là que tu veux aller demain, non ?

— Oui, tu as vu comme c'est beau ? La côte est magnifique, avec ses collines vertes et ses plages sauvages. Ce château en ruines qui domine la mer a vraiment tout de l'image qu'on se fait de l'Écosse. Tu veux m'accompagner ?

— Non, ça m'aurait plu, mais demain il faut que je commence la deuxième couche de peinture. Le temps s'annonce beau, il faut que j'en profite.

— Dommage, je te raconterai, dit-elle en servant l'infusion.

— Ça te fera du bien, cette balade.

Il savait que Mary aimait marcher seule, surtout en ce moment où beaucoup de choses encombraient son esprit. Elle reviendrait ressourcée, il en était sûr, avec plein de belles images dans la tête.

— Dis donc, ce soir, on en a appris de belles, tu ne trouves pas ?

Mary était contente que Ronan lance le sujet. Elle voulait en parler, mais n'osait pas, car, depuis un moment déjà, Ronan lui faisait comprendre qu'il fallait se détacher de ces événements qui étaient en train de parasiter leur séjour.

— Oui, incroyable. William était si remonté contre Jenny.

— Je trouve bizarre qu'elle dise devant tout le monde que William devait de l'argent à sa sœur, dit Ronan. Elle sous-entend qu'il aurait pu la tuer parce qu'elle voulait qu'il lui rende l'argent avant de partir en Australie. C'est dingue…

— Oui, j'ai trouvé ça fou qu'elle dise ça. Peut-être qu'elle voulait juste lui rendre la monnaie de sa pièce. J'ai trouvé ces échanges complètement déplacés. Comme s'ils voulaient étaler leurs rancunes sur la place publique.

— On ne connaît pas les gens, Mary. On a une idée de qui ils sont, mais leur histoire nous échappe.

— Et Kate ? Tu te rends compte de ce qu'elle a dit à Martin ? La mort de Lucie, son amie, l'arrange bien. Voilà quelque chose que les flics devraient savoir. Je n'ai pas aimé cette fille. Elle m'a fait une impression bizarre lorsque je l'ai rencontrée, je n'ai pas su le définir, mais maintenant je sais qu'elle est tordue, voire criminelle.

— Tu y vas un peu fort, non ? La mort de Lucie n'est peut-être qu'une occasion favorable pour elle.

— Peut-être qu'elle n'en est pas à l'origine, en effet.

Elle réfléchit un moment et ajouta :

— Dans le monde de l'art, il y a les créateurs et les suiveurs. Pourquoi ne serait-ce pas la même chose dans la criminalité ?

— Tu as raison, je pense même que tu peux élargir cette observation à tous les domaines.

Mary buvait son infusion par petites touches. Le breuvage réchauffa sa gorge et sembla lui apporter calme et sérénité. *Autosuggestion des Sables émouvants*, pensa-t-elle, nom qu'elle trouvait particulièrement bien choisi.

— Demain ont lieu les obsèques de Lucie.

— Mouais. Quelle tristesse de partir si jeune dans de telles circonstances !

Soudain, Ronan tendit l'oreille.

— Tu entends ?

— Oui, de la musique ?

Ronan se dirigea vers la porte-fenêtre et l'ouvrit. De l'autre côté du port, Patricia, éclairée par la pleine lune, était assise sur un rocher de la grève en contrebas de sa maison. Son violoncelle calé entre les jambes était piqué dans le sable. Mary arriva près de Ronan. La soirée était paisible, sans vent, ce qui favorisait la diffusion de la musique. Un son mélodieux leur parvenait et se mélangeait au bruit des vaguelettes qui venait mourir devant le cottage, à quelques mètres de leur terrasse.

— C'est très connu, mais je ne me souviens plus de quel compositeur il s'agit.

Ils l'écoutèrent un long moment jouer, admiratifs. Le son unique et gracieux du violoncelle variait au fur et à mesure, alternant entre moments lents et passages plus rythmés.

— C'est beau, tu ne trouves pas ? demanda Mary à Ronan.

— Oui, très émouvant.

— Elle ne mérite pas tout ça… et Lucie non plus ne méritait pas ce sort.

Ronan, qui s'était glissé derrière Mary, soupira dans son cou.

— Imagine-la jouer une symphonie avec une multitude de musiciens, des cuivres, des violons… Ça va être grandiose de l'entendre, dirigée par un chef d'orchestre !

À cette idée, une association se fit dans l'esprit de Mary et, après quelques instants de réflexion, elle déclara :

— Il y a quelqu'un derrière tous ces événements. Quelqu'un qui s'amuse… Quelqu'un qui joue le chef d'orchestre et qui joue une partition que tout le monde ignore.

— Arrête d'imaginer des choses. Tu vas te faire du mal à force de ressasser.

Il la serra dans ses bras et l'embrassa. Ils restèrent quelques minutes enlacés, bercés par le solo de la violoncelliste sous la nuit étoilée de l'Ouest écossais.

— Dans une mine, on utilise des explosifs, dit Ronan.

L'ambiance musicale et romantique s'était rompue en un instant.

— Tu me dis d'arrêter d'imaginer des choses, mais toi, à quoi penses-tu ?

— Je ne sais pas… Si tu es délaissée de ton mari et que tu cherches un moyen pour qu'on s'intéresse à toi, tu pourrais envisager une mise en scène, non ?

— Faire exploser sa voiture pour que son mari s'intéresse à elle ? Qu'est-ce que tu vas inventer ? Patricia n'est pas comme ça.

— Je l'ignore, mais toi, la connais-tu vraiment ?

— Là, c'est toi qui abuses, tu es franchement tordu.

Ronan et Mary auraient dû profiter pleinement de ces moments passés en Écosse. Au lieu de cela, tous les deux se torturaient l'esprit et inventaient des scénarios complètement fous.

— Ronan, ce voyage n'est pas tout à fait comme je l'avais imaginé, mais je ne voudrais pas qu'on gâche nos moments dans ce pays. Je t'ai dit que les paroles de Lucie m'obsédaient et c'est vrai. Demain, je vais marcher et j'essaierai de me vider complètement la tête.

— Ouais, moi aussi j'abuse avec mes suppositions. Tu as raison, essayons de profiter de ce séjour pleinement.

Mary hocha la tête et l'embrassa à son tour.

— Allons nous coucher.

Patricia termina le prélude de la *Suite n° 1* de Bach. La fraîcheur de la nuit la fit frissonner. Elle se leva, empoigna son violoncelle et remonta vers sa maison. Elle posa son instrument sur son support au milieu du séjour. Elle referma la baie vitrée et regarda la marina d'Ardantrive. Les quelques lampadaires de l'éclairage public illuminaient le port.

Le cottage Fern Hill, le pub et l'habitation des Ross étaient aussi éclairés, tout comme le hangar. Elle saisit des jumelles qui se trouvaient sur une étagère de la bibliothèque. Elle les braqua sur la porte entrouverte du chantier. Yann était sur le pont du bateau, visiblement toujours en train de travailler. Elle enfila une paire de bottes en caoutchouc, une veste en velours et ferma la maison. La marée était basse, ce qui lui permettait de quitter son île à pied.

Elle longea la grève par le petit sentier et arriva à l'entrée des portes coulissantes. Yann ponçait la lisse du bateau à l'aide d'un papier de verre lorsqu'il l'aperçut en contrebas du tableau arrière.

— Tu travailles tard.

Il hocha la tête et lui fit un grand sourire, visiblement heureux de cette visite tardive.

— Oui, j'aime travailler le soir quand il n'y a personne, mais je peux faire une pause. Et vous, pas sommeil ? tenta-t-il, bien conscient que cette journée avait dû être particulièrement difficile pour elle.

— Compliqué…

— Tu veux monter ? Allez, je te fais visiter, dit-il en montrant l'échelle.

— Je ne vais pas salir ce monument historique tout de même.

Elle regardait ses bottes dont les semelles étaient pleines de vase. Elle se déchaussa, les laissa tomber au sol et grimpa l'échelle de bois en chaussettes. Le charpentier lui tendit la main lorsqu'elle arriva à la lisse et prit un air charmeur.

— Madame… Bienvenue dans mon yacht. Si vous voulez bien me suivre…

Il descendit dans l'antre. Une baladeuse accrochée à une poutre en bois éclairait le vaste carré où tout un tas d'outils, des pots de vernis et des chiffons traînaient çà et là. L'intérieur du vieux bateau était constitué d'une seule pièce au centre de laquelle se trouvait une table en bois entourée de bancs. Contre les bordées de la coque, des bannettes étaient en cours d'aménagement, des lattes de bois clair avaient été pointées en guise de sommier.

— Voilà, dit-il en faisant un grand geste de la main. L'intérieur est toujours en chantier, donc le confort y est pour l'instant un peu précaire.

— Toi et tes coéquipiers faites un boulot formidable, ne sois pas modeste.

— J'apprends énormément sur ce bateau. J'observe comment a été conçue chaque pièce que je dois remplacer. Son charpentier-créateur me donne tous les jours des leçons, c'est formidable. J'aimerais moi aussi un jour transmettre les savoir-faire que j'acquiers.

Patricia était ravie d'entendre ce discours.

— J'adore cette odeur de bois. Ça me rappelle l'atelier de mon luthier. J'admire les personnes qui savent créer des objets en bois. Transformer cette matière pour en faire des instruments capables de délivrer du son et des émotions, je trouve ça magique ! dit-elle, passionnée.

Yann était ravi d'entendre la musicienne s'enthousiasmer.

— Tu veux boire quelque chose ?

Patricia hocha la tête.

— J'ai bien peur que le choix soit limité.

Il chercha à l'avant du bateau où se trouvaient quelques cartons et revint avec deux bouteilles de McEwan's.

— Pas mal du tout, se réjouit Patricia.

Yann les décapsula à l'aide d'un tournevis, ils s'assirent côte à côte sur le banc et trinquèrent. Patricia avala une première gorgée et sourit en observant le désordre autour d'eux.

— Tout à fait agréable et original comme endroit pour boire un verre. Et pour tout dire, je préfère ce bateau en cours de rénovation à ma maison vide et froide, dit-elle sur le ton de la confidence.

— Un peu… rustique. Je ne me suis même pas lavé les mains.

— Pas grave, le bois, ce n'est pas sale. Et puis, c'est beau, les mains d'un artisan, dit-elle en lui prenant la main.

Ses doigts caressèrent les phalanges de Yann et s'attardèrent dans la paume de sa main, détaillant les aspérités que le travail de ponçage avait fait subir à sa peau. Puis ils se glissèrent entre les doigts de Yann et elle les serra dans les siens. Patricia le fixa d'un regard sans ambiguïté et Yann ressentit comme une décharge électrique parcourir son corps.

Elle ne savait pas très bien ce qu'elle attendait de lui. De la tendresse ou peut-être bien un moment passionné qui lui ferait oublier la peur qui s'était emparée d'elle depuis qu'elle avait vu sa voiture calcinée. Peut-être même que juste un instant en sa compagnie lui aurait suffi.

Ils posèrent leur bière sur la table et s'embrassèrent. Les mains de la musicienne étaient descendues sous le tee-shirt de Yann et caressaient la peau de son dos. Puis elles glissèrent sur ses reins et sur ses fesses. Yann perdit les siennes dans l'océan des cheveux blonds de Patricia qui ondulaient autour de ses épaules et descendaient jusqu'à ses seins. Ils quittèrent le banc pour s'allonger dans la bannette juste derrière eux. Quelques coussins bien disposés leur assurèrent un minimum de confort. Ils se déshabillèrent et se laissèrent aller à la découverte l'un de l'autre, puis succombèrent à un élan passionnel. Elle trouva la réponse à sa question, elle voulait se sentir vivante, tout simplement vivante.

Danny ferma la porte à clé et descendit sur les pontons le temps de fumer une cigarette. La nuit était étoilée et la pleine lune éclairait le port presque comme en plein jour. Dans quelques jours, il quitterait l'île pour un environnement plus urbain. Il avait craint de passer du temps sur Kerrera, d'être isolé de la civilisation. Lui, le gars des faubourgs de Glasgow, des quartiers délabrés aux murs gris, avait finalement bien aimé le côté rude et sauvage de l'île, pas si éloigné de sa personnalité. Il aperçut Patricia dans l'entrebâillement de la porte du chantier, suivie de près par Yann. Ils s'embrassèrent longuement et se quittèrent d'un signe de la main. Yann referma la lourde porte et, quelques instants plus tard, la lumière s'éteignit. Patricia, elle, rentra chez elle par la grève. Danny sourit. Les habitants de l'île étaient peu nombreux, mais, après seulement quelques semaines parmi eux, il connaissait déjà pas mal de leurs secrets.

CHAPITRE 10

Mary se leva tôt et prépara un copieux petit-déjeuner. Café, muesli au fromage frais, œufs au plat et pain beurre étaient déjà sur la table lorsque Ronan arriva.

— Chouette, la journée commence bien !

Il l'embrassa et s'installa.

— J'ai besoin de faire le plein avant mon périple, dit-elle d'un ton enjoué.

— Tu vas t'éclater avec ce temps magnifique, veinarde !

— Oh oui, sûr, dit-elle en mordant dans une tartine. Je penserai à toi dans tes odeurs de peinture.

Ils déjeunèrent avec les rayons du soleil levant qui illuminaient le ciel derrière la colline boisée de Dunollie, au nord d'Oban.

La table débarrassée, Mary enfila ses chaussures de rando et inséra les sandwiches qu'elle avait préparés dans son sac à dos. Une grande gourde d'eau et une mini trousse à pharmacie complétèrent l'équipement. Elle glissa aussi un bonnet, car même si le temps s'annonçait beau, il était souvent changeant en Écosse.

Elle quitta le cottage et prit le chemin qui traversait la ferme des Green. Elle ne vit personne, mais la lumière brillait dans la maison d'habitation. À l'embranchement suivant, elle choisit le chemin de droite pour contourner l'île par l'ouest afin de gagner la pointe sud où se trouvait le château avant de revenir à Ardantrive par l'est. Ainsi, elle en prendrait plein les mirettes, avec les vues sur le large dès le début de la randonnée.

Le chemin était humide et boueux par endroits. Par chance, ses chaussures étaient bien étanches et elle n'aurait pas les pieds trempés toute la journée. Après avoir longé une prairie où paissait un troupeau de moutons, elle arriva sur la côte près de la maison de William. Elle entendit le bruit d'un moteur. Le quad quittait la cour et s'engagea sur le chemin cabossé. Des gerbes d'eau giclèrent sous ses pneus et l'engin ralentit légèrement en parvenant à la hauteur de Mary. William regarda à peine la randonneuse, lui fit un signe *a minima* et remit les gaz.

Les obsèques de sa sœur allaient avoir lieu dans la matinée, elle ne lui tint aucune rigueur de son comportement peu prévenant. Elle s'imagina un instant ce que William pouvait ressentir, puis décida de chasser cette pensée de son esprit pour se concentrer sur la beauté du paysage.

Le chemin longeait la mer sur un bon kilomètre, puis il s'enfonçait entre deux collines en bifurquant dans la montagne. Les flancs du relief étaient escarpés et la roche qui affleurait au-dessus de la mer semblait déchirer le tapis vert de la végétation.

Le sentier devint étroit, sûrement emprunté par davantage de moutons que d'humains. Mary eut l'impression de pénétrer dans un autre monde à mesure qu'elle s'enfonçait vers l'intérieur de l'île. Elle traversa une vaste zone tapissée de fougères. Le seul son qui parvenait à ses oreilles était le souffle du vent qui faisait onduler leurs hampes. Le décor était grandiose, des montagnes spectaculaires la dominaient de toute leur hauteur. Elle parcourut un champ de hautes herbes et se fraya, non sans appréhension, un chemin au milieu d'un troupeau de moutons. Leurs yeux aux pupilles fendues leur donnaient un regard peu amical. Lorsqu'elle dépassa un imposant rocher, elle aperçut un bélier massif aux longues cornes enroulées qui la fixait. Un frisson parcourut son corps et elle pressa le pas pour s'approcher d'une ferme voisine. Elle traversa la cour, un agriculteur en tracteur qui chargeait des balles de paille sur une remorque lui adressa un signe de la main. Un petit chien terrier bondissant l'accompagna pendant quelques mètres en lui faisant la fête. Une dizaine de minutes plus tard, Mary, qui marchait depuis déjà presque deux heures, fit une pause près d'un cours d'eau qui descendait de la montagne. Elle s'assit sur un rocher et but une bonne rasade de sa gourde. Elle songea à Lucie. La messe d'obsèques allait avoir lieu dans la matinée. Elle imagina l'office, William abattu, ses amis et les gens qu'elle fréquentait, éplorés, les clients du pub, tous dans la douleur et dans la peine.

Le ruisseau qui cheminait entre les rochers se jetait dans une vasque en pierre naturelle où l'eau était calme et translucide. Elle se pencha pour s'asperger le front d'eau fraîche. Dans la forme des nuages qui se réfléchissait à la surface, elle vit le visage de

Lucie. Elle ferma les yeux un moment et sentit une vive émotion la submerger. Elle les rouvrit, pleins de larmes, et laissa les sanglots l'envahir.

Emmy Somerville avait passé le début de la matinée à contacter tous les commissariats de la ville de Glasgow. Elle frappa à la porte du bureau de l'inspecteur.

— Des nouvelles, Emmy ?

— Pas grand-chose de croustillant sur ce Danny Foster. Les postes de police de Giffnock et de Castlemick le connaissent pour l'avoir interpellé plusieurs fois pour des délits mineurs. Bagarres, accident de scooter dans un parc, dégradations de mobilier urbain, dit-elle en lisant une fiche. Rien de plus que ça…

— Bizarre qu'il n'y ait rien de plus sur lui… Au premier regard, j'ai tout de suite pensé qu'il n'était pas net.

— C'est vrai que vous avez très souvent une bonne première intuition sur les personnes.

— Ah oui, tu trouves ?

Emmy attrapa son téléphone et visionna les photos qu'elle avait prises des tatouages du barman. Elle agrandit l'image et tendit l'appareil à son supérieur. La main droite de Danny actionnait la manette de la tireuse à bière. Sur son avant-bras, bien visibles, on voyait plusieurs dessins à l'encre noire : des serpents qui s'enroulaient autour de son bras, des motifs celtiques et ce qui ressemblait à des lettres entremêlées.

— Faudrait que je montre ça à Runar, il pourrait peut-être m'en dire quelque chose. Tu peux me les transférer ?

— Bien sûr.

Elle pianota sur son écran.

Simon frappa à la porte entrouverte et ouvrit sans attendre de réponse.

— Des nouvelles sur les manifestants contre la mine, ça vous intéresse ? dit-il avec un sourire. J'ai cherché sur le fichier des immat' et j'ai trouvé plein d'infos : les véhicules de militants déjà identifiés sur d'autres manifs, d'autres inconnus des services de police, mais aussi des surprises… Vous savez la voiture de qui y était ?

— Accouche, lui lança Emmy.

— Celle des Green, les fermiers de Kerrera !

— Intéressant, dit Andrew, intéressant…

Une heure plus tard, Andrew se rendit à la boutique de Lisa et Runar. Il sortit son téléphone de sa poche et montra l'écran au tatoueur islandais.

— Toi qui en connais un rayon dans ce domaine, tu peux me dire quelque chose à propos de ces tatouages ?

Runar saisit le mobile et observa la photo.

— Vous pouvez me l'envoyer ?

Andrew s'exécuta, Runar prit place derrière le comptoir où se trouvait un ordinateur. Il transféra l'image de son téléphone et l'afficha sur l'écran. Il zooma sur l'avant-bras de Danny comportant plusieurs dessins. Il détailla les motifs divers et s'attarda sur l'un d'eux, placé juste au-dessus du poignet.

— Regardez bien. Cette partie n'est pas de l'encre, mais un tatouage éphémère.

— Comment ça ?

— De la décalcomanie, si vous préférez. La couleur est légèrement différente de l'encre.

Regardez, elle est utilisée pour prolonger le tatouage original et donner l'illusion d'un autre dessin.

Il montra d'autres zones qui elles aussi travestissaient le dessin de départ.

— Si j'isole ces artifices, dit-il en utilisant la fonction de détourage du logiciel, on pourra distinguer l'image d'origine.

Il appuya sur une touche du clavier et deux lettres E apparurent clairement. Il recommença la manipulation sur une autre partie du dessin et les chiffres 9 et 7 apparurent.

— Incroyable ! dit Andrew.

— E et E associé à 97, ça te parle ? demanda Lisa.

— Carrément…

Sa mine se fit grave lorsqu'il se tourna vers Lisa et son père.

— C'est le signe d'appartenance à un gang de Glasgow, le gang de l'East End, précisément.

La messe venait de se terminer à la cathédrale épiscopalienne Saint-John d'Oban. Le corbillard démarra et quitta la ville en direction du nord. Un cortège de plusieurs véhicules le suivit et, moins de trois kilomètres plus loin, tous pénétrèrent dans le cimetière de Pennyfuir. Andrew et Simon garèrent leur voiture derrière une haie par discrétion et s'approchèrent du lieu où allaient se dérouler les derniers adieux à Lucie Sinclair. Les deux policiers étaient restés en retrait de la cérémonie et observaient les personnes présentes près du grand chêne.

William était au plus près du cercueil. Martin, le fiancé de Lucie, était tout proche, Kate à ses côtés. Jenny et Gordon Ross étaient eux aussi présents.

Andrew reconnut le visage de nombreux habitants d'Oban, dont certains commerçants. Le révérend prononça deux prières et le cercueil fut descendu dans la fosse. Tous passèrent une dernière fois devant la défunte, et William jeta une rose sur le cercueil.

Une vie venait d'être détruite et Andrew n'avait toujours pas idée de qui était le coupable. Il fallait absolument qu'il avance, il le devait à Lucie. Mais, à ce jour, il se sentait impuissant et cela le mettait en rage.

Ronan appliquait le bleu marine sur la coque de l'*Endurance*. Il avait posé un adhésif à la ligne de flottaison, au-dessous duquel Colin au printemps recouvrirait le bois d'antifouling, juste avant sa mise à l'eau. Ronan, qui terminait de recouvrir le haut de l'étrave, appréciait particulièrement ces moments de solitude où les gestes répétitifs et peu techniques permettaient à son esprit de divaguer. Mentalement, il revit son été à bord du bateau. L'escale sur l'île de Lewis à Stornoway, à Tarbert sur l'île de Harris plus au sud, puis Castlebay sur la petite île de Barra à l'extrémité méridionale des Hébrides. La côte escarpée de l'île de Skye, les falaises spectaculaires de l'île Garbh et le relief singulier de Staffa allaient rester gravés dans sa mémoire. La navigation était terminée depuis peu, mais déjà il était nostalgique de ces paysages maritimes grandioses.

Le cri strident de la scie qui s'échappait du hangar le sortit de ses pensées, puis il aperçut du mouvement autour d'un yacht d'une quinzaine de mètres de long, entreposé sur le terre-plein. Yann posa une échelle contre la coque et monta dans le luxueux bateau. Il glissa une clé dans la serrure, ouvrit la porte coulissante et entra. *Que va-t-il faire?* se demanda Ronan. Quelques instants plus tard, il en ressortit en camouflant dans sa veste ce qui ressemblait à une VHF portable et il referma à clé le bateau. Ronan se cacha derrière la coque de l'*Endurance* pour que Yann ne l'aperçoive pas. Visiblement, il dissimulait d'autres objets sous sa veste. Yann redescendit, ôta l'échelle et retourna au chantier en regardant autour de lui, et notamment en direction de la maison d'habitation de Jenny et Gordon dont les fenêtres donnaient sur le terre-plein.

Mais, oui, bien sûr, Yann profitait de l'absence des Ross qui étaient aux obsèques de Lucie pour voler du matériel. Les clés des bateaux en hivernage étaient accrochées dans le bureau de Gordon à l'intérieur du hangar, il pouvait agir ainsi en toute tranquillité. Bizarrement, même si ce fait ne lui portait pas préjudice, il se sentit trompé par le Breton. Il n'avait pas imaginé que le charpentier était un voleur, et possiblement un receleur.

Ronan se dit qu'il serait intéressant d'en savoir plus sur lui. À ce propos, quelqu'un pouvait l'aider, son ami détective Erwan. Cela tombait à pic, il ne l'avait pas appelé depuis longtemps et serait content d'avoir de ses nouvelles. Il sortit son mobile de la poche et l'appela.

— Salut, l'ami navigateur, répondit Erwan, toujours en Écosse?

— Hello, Erwan, plus en mer, mais oui, toujours en Écosse, avec Mary. Et toi, comment vas-tu?

— Nickel chrome, je viens de rentrer de vacances, j'ai bien bronzé à Porticcio!

Il éclata de rire, entraînant Ronan avec lui. Sa peau aussi noire que l'ébène n'avait évidemment pas besoin du soleil corse.

— Je suis rentré à Brest hier et reprends le boulot demain. Et toi, tu prends du bon temps ?

— Je fais le carénage du bateau. Écoute, il nous arrive un truc de dingue ici. Lorsque Mary est arrivée à Oban, une explosion a soufflé un pub en ville et la tenancière a été blessée. Mary l'a secourue, la jeune femme n'était pas trop sévèrement touchée. Mais le lendemain, tu sais quoi, elle a été assassinée.

— Non !

— La police est sur les dents, tu penses. Une femme qui habite juste en face du cottage où on loge est elle aussi menacée.

— Eh ben…

— Un truc me tracasse.

— Dis-moi !

— Ici, au chantier, j'ai fait la connaissance d'un gars de Douarnenez, Yann Conan. Il est charpentier de marine et a été formé au chantier du Guip et aux ateliers de l'Enfer à Douarnenez.

— Le chantier du Guip est juste en bas de chez moi, sur le quai Malbert.

— Oui, je sais. J'ai pensé que tu pourrais glaner quelques infos sur lui.

— Pourquoi, tu le soupçonnes ?

— Non, je n'imagine pas une seconde qu'il puisse être impliqué dans un meurtre. Je n'avais pas une mauvaise impression de lui jusque-là, mais je viens de le voir piquer du matos dans une vedette du chantier.

— OK, j'irai faire un tour au chantier naval.

— T'es un vrai pote.

— Ah bon, tu ne le savais pas encore ?
Il rit de plus belle.
— Tu me tiens au courant ?
— *Yes !*

William avait pris place dans la vedette de Gordon. Le pilote et sa femme étaient ensemble dans la timonerie et William s'était isolé sur la banquette en bois à l'arrière. Il se retourna pour observer au-delà du sillage du bateau le pub de sa sœur. Il resta silencieux durant toute la traversée et n'ouvrit la bouche qu'une fois le bateau amarré au ponton de Kerrera pour saluer le couple. Il chevaucha son quad pour rentrer chez lui. Aussitôt garé, il enfila une cotte et monta à bord de son dinghy pour aller nourrir ses saumons. Il s'amarra au ponton de ses bassins flottants et se dirigea vers un coffre fermé par un cadenas. Il le déverrouilla, ouvrit un sac d'aliments et en versa le contenu dans un seau en plastique. Il se pencha par-dessus la rambarde qui surplombait le bassin et commença à disperser les granulés à l'aide d'une pelle à main. Quelque chose d'anormal l'alerta immédiatement. Habituellement, à la surface de l'eau, un bouillonnement suivait la première volée d'aliments, les poissons voraces se jetaient avec avidité sur leur nourriture. Là, rien. L'eau restait calme et immobile. Impossible, les poissons réagissaient toujours instantanément… Il se pencha pour inspecter la cage de plus près. Mais où étaient les saumons ? Le bassin semblait vide… Puis il aperçut environ à un mètre de profondeur le filet noir qui clôturait la cage. Habituellement, il était tendu. Là, il était découpé et bougeait au gré du flot. Un sentiment de panique envahit William et il imagina le désastre.

— Non ! cria-t-il.

Il courut sur le ponton pour vérifier ses autres cages. Il balança des granulés dans chacun d'entre eux et les saumons frétillèrent immédiatement. Cela ne calma pas sa colère, sur quatre bassins, un était perdu. Il imagina la catastrophe que cela représentait pour son activité. Fou de rage, il grimpa dans son dinghy, démarra le moteur et prit la direction d'Oban. Quelques minutes plus tard, après avoir amarré son bateau au quai sud, près d'un chalutier, il entra en furie dans le poste de police. Andrew, qui était en pleine conversation avec Simon et Emmy, se retourna, surpris.

— On a saboté ma cage à saumons, c'est une catastrophe ! hurla-t-il. Vous faites quoi pour arrêter ces salauds ?

Son visage était rouge et ses yeux exorbités.

— On tue ma sœur, on fait exploser des voitures et maintenant on s'en prend à moi ? Et vous êtes là à discuter tranquillement ?

Au pub, Jenny avait accueilli Gladys, une jeune serveuse prête à prendre la suite de Danny. Elle lui avait expliqué le nécessaire pour qu'elle commence à travailler en doublon avec lui, et Danny avait complété par des détails pratiques au fur et à mesure du repas. Un groupe d'une quinzaine de touristes avait déjeuné, ce qui avait mis Gladys dans le bain. Après le service, les deux serveurs s'assirent face à la marina, sur le bord de la terrasse en bois, pour fumer une cigarette.

— Qu'est-ce qui t'amène dans ce trou paumé ? demanda Danny.

— Oh, j'avais besoin de changer d'air, je me suis fait larguer par ma copine et j'ai vu qu'ils cherchaient quelqu'un pour finir la saison, ça me convenait bien.

— Tu étais où ?

— Pas très loin, à Lochgilphead. Et toi ?

— Un peu la même chose, besoin d'oublier ma vie d'avant…

— Tu viens de Glasgow ? devina Gladys.

— Mouais.

Il hésita, puis leva son sweat pour montrer une cicatrice récente qui s'étirait sur presque toute la largeur de son ventre.

— Mes derniers souvenirs de Glasgow, j'aimerais bien les oublier.

— Ah, quand même… Mais là, tu es passé dans un autre univers, dit-elle en montrant la marina.

— Carrément, je ne connaissais rien de cette ambiance de port de plaisance, de familles en balade sur les îles, de randonnées du dimanche. C'est ça, la clientèle du pub. Mais tu m'enlèveras pas que pour vivre ici à l'année, il faut être un peu cassé ou complètement taré. Ou peut-être bien les deux.

— Et donc tu pars bientôt. Tu vas où ?

— Inverness, je vais bosser dans un pub qui appartient à un pote. Il voulait que je vienne au plus tôt, mais je ne pouvais pas partir en laissant Jenny dans la mouise. Elle a été sympa avec moi.

— Pourquoi, sympa ? demanda-t-elle, curieuse.

— Elle n'a pas jugé mon look, je pourrais en effrayer plus d'un…

— Mouais, pas faux…

Il tira sur sa cigarette et resta pensif un moment.

— Quelque chose te préoccupe ? devina Gladys.

— J'ai l'impression qu'en quittant ici, je vais passer à autre chose et tourner une page. Je n'en avais pas conscience jusqu'à maintenant, mais c'est vraiment ça que je ressens.

— Pourquoi, tu trouves que c'est une étape importante pour toi d'aller à Inverness ?

— Oh, Inverness ou ailleurs, c'est pas la question. La question est de tourner la page du passé. Cet été sur l'île m'a permis de faire le point sur ma vie, de mettre les choses au clair. Quand je partirai, je serai un homme nouveau, dit-il, énigmatique.

— Moi aussi je ferais bien table rase du passé, si tu as une recette, je veux bien.

Danny ignora la question et se leva.

— Il n'y a qu'en coupant la chaîne du boulet qu'on réalise à quel point il pèse, dit-il, un sourire mystérieux au visage. Je suis crevé, je dois me reposer si je veux tenir le coup ce soir, salut !

Gladys se leva à son tour et descendit faire quelques pas sur la grève. Lorsque Danny fut entré dans l'appartement, elle saisit son téléphone, appuya sur une touche et attendit que l'interlocuteur décroche.

— Chef, je crois que Danny prépare quelque chose avant de quitter l'île.

CHAPITRE 11

Mary avait atteint la pointe d'Ardmore, au sud de l'île, promontoire au milieu du vaste estuaire de Lorne, entre l'île de Mull et les terres d'Argyll. Face à elle, au-delà de l'île de Colonsay, s'ouvrait l'océan Atlantique. Elle descendit de la falaise par un chemin escarpé qui menait à une crique. Elle s'assit sur la plage, l'endroit idéal pour sa pause déjeuner, à l'abri de la paroi rocheuse tout en ayant la vue sur la ligne d'horizon couleur azur. Les vaguelettes qui venaient mourir sur la grève engendraient une douce mélodie que quelques huîtriers pie ponctuaient de leurs cris aigus, un tableau naturel dans lequel elle se trouvait bien. Elle mordit à pleines dents dans son sandwich. Le ciel était dégagé et les possibles averses annoncées par la météo n'avaient pour l'instant pas eu lieu. Le soleil était bel et bien là et chauffait son dos de ses rayons bienveillants. Il n'y avait qu'à ouvrir les yeux pour se réjouir de ce que la beauté naturelle apportait, plénitude et sérénité. Son regard fut attiré par un mouvement sur les rochers. Elle n'était visiblement pas la seule à apprécier l'endroit. Un phoque, alangui, profitait de la marée basse pour se prélasser au soleil. Elle observa un long moment l'animal qui lui aussi la regardait avec curiosité. Après avoir fini son déjeuner, Mary s'allongea un moment.

Tout dans ce pays la dépassait tellement. Des montagnes, des étendues océaniques bordées de rivages impressionnants, de vastes territoires presque vierges… Il y en avait partout dans le monde, bien sûr. Mais en Écosse, le paysage lui renvoyait une telle intensité et une puissance qu'elle n'avait jamais ressenties ailleurs.

Dans cette immensité, elle se sentit si insignifiante qu'elle en éprouva un vertige. Qui était-elle au juste, dans cet environnement grandiose ? Aussi dérisoire qu'un galet sur cette plage… Juste un tout petit caillou chahuté par la vie. Mais alors, avait-elle aussi sa place dans ce monde ? Était-elle aussi légitime que ce phoque ou que ces oiseaux marins ? Utile à quoi ? Une seule idée s'imposa dans son esprit. Utile à Lucie. La seule chose qui comptait pour elle, rendre justice à Lucie Sinclair. Mais comment ?

Son esprit vagabonda de la jeune fille à son frère et elle eut envie d'en apprendre un peu plus sur les Sinclair. À son retour à Ardantrive, elle irait poser quelques questions à Jenny, elle qui avait bien connu la mère de famille. Elle pensa à la promesse qu'elle avait faite à Ronan de se vider la tête, c'était mal parti.

Elle quitta la crique et reprit son cheminement sur le sentier qui suivait la falaise. La végétation exposée au suroît était composée d'herbes rases, de fougères et par endroits de petits bosquets. Pas un seul arbre ne poussait sur cette partie de l'île, sauf dans les vallons un peu plus abrités. Elle arriva au sommet d'une colline et le spectacle qu'elle découvrit la fit s'arrêter. Sur un promontoire, face à la mer, se dressait le château de Gylen. La haute bâtisse en pierre trônait dans son environnement sauvage et, malgré sa partie supérieure écroulée, un sentiment de puissance se dégageait d'elle. Elle continua sa marche et s'arrêta près de l'entrée où elle lut un panneau qui expliquait l'histoire du lieu :

Le clan MacDougall avait construit le château en 1582, et ses occupants, isolés et assiégés pendant la guerre des Trois Royaumes, avaient été vaincus par le manque d'eau. Près de soixante ans plus tard, le château avait été victime d'un incendie.

Elle emprunta un paletage en bois qui menait à la bâtisse. Alors qu'elle allait entrer, un morceau du mur en pierre, à sa gauche, se détacha et tomba au sol. Un groupe de pigeons qui était à l'intérieur s'envola soudainement. Mary fit un bond en arrière, surprise. La pierre s'effrita à un autre endroit de la façade, non loin d'elle. Cette fois, elle entendit distinctement le sifflement d'une balle. Un frisson glaçant parcourut son corps jusqu'à son cuir chevelu. On lui tirait dessus. Elle courut immédiatement à l'intérieur de la tour sans se retourner et se cacha dans l'angle d'un mur épais recouvert de mousse végétale. Mille questions fusaient dans son esprit. Elle se colla au plus près du mur, elle aurait voulu se fondre dans la pierre. Une autre balle passa dans l'ouverture d'une fenêtre et atteignit le mur au fond de la pièce. Elle ferma les yeux et vit le visage de Lucie. Inconsciemment, elle l'appela au secours. Elle ne savait que faire, se plaquer au sol, ou monter l'escalier circulaire en pierre qui menait à l'étage sans toit. Là, elle ne serait pas plus en sécurité. Elle pensa à téléphoner, mais elle se rendit compte qu'elle n'arrivait pas à bouger, elle était pétrifiée par la peur. Une autre balle fusa. Elle se laissa glisser au sol, se recroquevilla sur elle-même et des larmes coulèrent sur ses joues. Allait-elle mourir là ? Seule, dans cette ruine sombre et humide où le souvenir des guerres de clans était sans doute encore présent ? À nouveau, elle vit le visage de Lucie, souriante cette fois.

Blottie, les genoux contre son corps et les mains sur sa tête, elle entendit des voix. Plusieurs personnes entrèrent, habillées de vêtements de randonnée et équipées de bâtons de marche.

— Que faites-vous là ? demanda une femme.

— On m'a tiré dessus, dit-elle avec des sanglots dans la voix.

— Quoi ?

— Je vous assure.

Elle montra les éclats de pierre qui venaient de tomber. Un des randonneurs se baissa pour examiner les morceaux. La femme lui tendit la main et la prit dans ses bras pour la réconforter. L'homme se baissa et montra du doigt une douille qui gisait au sol.

— Il faut appeler la police, dit-il en attrapant son téléphone.

Le véhicule des policiers emprunta un chemin caillouteux qui menait à la ferme la plus proche du château. Ils garèrent leur fourgon dans la cour, dernière zone habitée avant les étendues de landes et de marais qui couvraient cette partie de l'île. Ils terminèrent à pied par un chemin qui contournait la colline face au château. Ronan, lui, arriva directement sur le site, avec la moto qu'il avait empruntée à Gordon. Toujours accompagnée par la randonneuse, Mary résuma à Ronan et Andrew ce qui lui était arrivé. En même temps, Simon examinait les impacts sur les murs et les douilles au sol.

— Du 22 long rifle, chef.

Andrew questionna les randonneurs :

— Avez-vous vu quelqu'un en approchant du château ?

— Non, personne, répondirent-ils de concert. Nous n'avons vu personne avant de tomber sur Mary, qui était terrorisée et blottie derrière ce mur en pierre.

Andrew observa les collines vertes avoisinantes, puis déclara :

— On interroge tout le monde à Ardantrive. Les Ross, les Green, les ouvriers du chantier, Patricia, les serveurs du pub, William, tout le monde ! s'énerva Andrew.

Puis il reprit d'un ton moins dur :

— Mary, voulez-vous voir un médecin ?

Mary, désormais serrée contre Ronan, secoua la tête.

— Ce que vous avez subi n'est pas anodin, compléta Emmy.

— Non, ça va aller, je vous assure.

— Ce n'est pas que je veuille minimiser ce qui vient de se passer, mais je pense qu'on a voulu vous intimider plus que vous… toucher, Mary.

— Vous croyez ? demanda Ronan.

— C'est vrai, dit Mary après réflexion. Quelqu'un qui aurait voulu me tuer n'aurait pas tiré plusieurs fois alors que j'étais cachée derrière le mur du château… On a voulu m'effrayer et ça a fonctionné.

Andrew se tourna vers ses agents.

— Simon, on te dépose à l'embarcadère. Tu interroges les gars du ferry et tu nous rejoins à Ardantrive, OK? Emmy, Mark et moi, nous allons directement là-bas.

Ronan enfourcha la moto et Mary monta derrière lui pour rentrer au cottage. L'Irlandaise mit de l'eau à bouillir et infusa une bonne dose de thé. Ils s'attablèrent sur la terrasse. Un silence pesant s'était installé et ni Ronan ni Mary ne savait comment le briser. Après le meurtre de Lucie, l'explosion de la voiture de Patricia, voilà qu'on avait tiré sur Mary. C'en était trop pour tous les deux. L'île de Kerrera, ce magnifique écrin, était devenue un enfer. Les mêmes conclusions émergèrent dans l'esprit de Mary et de Ronan, il fallait abréger le séjour.

— Je finis de peindre la coque et on quitte l'Écosse.

Mary but une gorgée de Caresse des Highlands, elle trouva la boisson insipide.

— Tu as raison, il faut partir.

Sur l'îlot d'en face, Emmy, la policière, interrogeait Patricia sur le seuil de sa maison. La musicienne porta sa main à la bouche et tourna son regard stupéfait en direction du cottage d'où Mary l'observait.

Mark, qui avait interrogé Jenny et Gordon Ross, prit le véhicule pour se rendre chez William et Andrew rejoignit Danny sur le ponton. Il lui demanda de fournir son emploi du temps, ce que le barman fit sans problème. Andrew nota les détails dans son carnet et le glissa dans sa poche. Il fixa Danny droit dans les yeux.

— Montre-moi tes bras.

— Comment ça ?

— Tes tatouages, montre-les !

Danny se figea et une colère monta en lui.

— Évidemment, les flics sont tous pareils.

Il retroussa les manches de son sweat et afficha ostensiblement le tatouage original modifié à l'encre temporaire.

— C'est ça que vous voulez voir ?

— Exactement ! C'est vrai que c'est bien fait... cette décalcomanie.

Danny fulminait et Andrew crut qu'il allait se jeter sur lui. Au lieu de ça, il s'agenouilla sur les lames de bois du ponton et trempa son bras dans l'eau. Il se releva et frotta vigoureusement sa peau avec le bas de son sweat. Une partie du dessin s'effaça, laissant apparaître le tatouage originel : deux E enroulés dans le nombre 97.

— Vous êtes content ? Et vous en concluez quoi ? Que je suis un criminel parce que je viens de l'East End ? Pff...

— J'en conclus que tu n'es pas venu ici par hasard.

— Non, en effet. Je cherchais un coin tranquille pour tourner la page.

Il secoua la tête, visiblement dégoûté de l'impression que le policier avait de lui.

— Qu'est-ce que vous croyez, que je vais me balader partout avec cette carte de visite sur le bras ? Alors, oui, j'ai trouvé cette solution de camouflage avant de faire disparaître définitivement cette merde par la chirurgie.

Andrew ne savait plus que penser, Danny avait l'air si sincère.

— Vous n'avez jamais fait d'erreur, vous ? osa le serveur. Tout le monde peut en faire, non ? Et tout le monde peut changer ! Et moi, je ne demande qu'une chose, qu'on m'oublie, putain !

Il fit une pause et ajouta :

— Vous en avez fini ?

Danny n'attendit pas la réponse du policier. Il quitta le ponton, shoota dans le feuillage d'un yucca et alla s'enfermer dans sa chambre, furieux.

Simon était revenu de l'embarcadère, il retrouva Emmy près du pub. Andrew arriva à son tour, visiblement en colère.

— Je reviens dans une minute, dit-il.

Il se rendit au cottage et frappa à la porte. Mary ouvrit et Ronan s'approcha lorsqu'il aperçut le policier.

— Entrez un moment, Andrew.

— Comment allez-vous, Mary ? demanda le policier.

— Ça va. Je vais me reposer un peu.

— Nous allons rentrer en Bretagne sous peu, annonça Ronan.

Andrew fit une mine à mi-chemin entre la déception et le soulagement. Un autre drame aurait pu arriver. Il n'imaginait pas la situation si Mary avait été touchée par les tirs ou même pire.

— Peut-être que ça vaut mieux.

— J'espère que vous allez trouver qui est à l'origine de tout ça. J'ai imaginé que je pouvais rendre justice à Lucie, mais je me suis trompée.

— Vous vous êtes mise en danger, Mary. Il faut essayer d'oublier tout ça et rester en dehors de cette affaire.

Ronan ne dit rien, mais ces mots, qu'il avait lui-même prononcés, dits par Andrew Steward, avaient une tout autre portée. Mary le comprenait parfaitement, mais, avant de prendre de la distance avec cette affaire, il fallait qu'elle vide son sac.

— Il y a des tensions énormes entre Jenny et William, vous le savez ?

— Oui, je sais que Jenny a convoité le pub que Lucie a acheté. Je sais qu'elle a eu du ressentiment envers elle et je sais aussi, grâce à vous, que Lucie a prêté beaucoup d'argent à William pour monter son élevage de saumons.

Ronan s'en étonna, car il ignorait que sa compagne avait donné l'info au policier.

Elle continua à délivrer au policier tout ce qu'elle savait.

— Et Kate, vous saviez qu'elle vivait autrefois avec Martin, le fiancé de Lucie ? Elle était jalouse d'elle et, apparemment, ne rêve que d'une chose, le rejoindre en Australie.

Andrew cacha comme il put son air légèrement étonné. Visiblement, elle connaissait des choses que la police ignorait.

— Mary, arrête, s'il te plaît ! implora Ronan, qui la prit par les épaules.

— Vous feriez une bonne enquêtrice, mais en effet, Ronan a raison.

Ronan reprit la parole :

— Nous allons partir, Andrew, mais nous reviendrons un jour. Nous avons beaucoup apprécié ce coin d'Écosse, mais vous comprenez que l'envie de rester n'y est plus.

— Je comprends. Dès ce soir, je vais déployer deux agents aux abords de votre cottage pour assurer votre sécurité jusqu'à votre départ.

Mary hocha la tête, visiblement satisfaite de cette annonce.

— Donc, si jamais vous avez le moindre souci, vous vous adressez à eux, d'accord ? Vous pouvez m'appeler également, bien sûr, mais vous pouvez aussi voir avec Gladys, la serveuse du pub. C'est une policière sous couverture, révéla Andrew.

Mary et Ronan remercièrent le policier et garantirent leur discrétion. Les policiers montèrent dans leur véhicule et quittèrent l'île.

Quelques minutes plus tard, Patricia frappa au cottage. Mary ouvrit.

— Oh, Mary, je suis tellement désolée de ce qui t'est arrivé, dit-elle en la prenant dans ses bras. Les policiers m'ont dit qu'on avait tiré sur toi.

— Je ne crois pas qu'on ait voulu me tuer, mais plutôt m'intimider, Patricia. Je crois que je dérange parce que je veux savoir qui a assassiné Lucie.

— Ma pauvre Mary…

Elle la saisit par les mains.

— Comment te sens-tu ?

— Je commence à me calmer. Mais je suis ébranlée, Patricia, j'ai besoin de repos.

— Sais-tu qui a pu faire ça ?

— J'ai été si surprise… je n'ai vu personne.

— Je pars pour Glasgow ce soir. Je me suis dit que tu pourrais avoir envie de te changer les idées en m'accompagnant. J'ai une répétition demain matin et je rentre à Kerrera dans l'après-midi, puis nous jouons dimanche à Oban, comme tu le sais.

Mary hocha la tête.

— C'est gentil, Patricia, mais je n'ai pas la tête à te suivre à Glasgow, je n'ai qu'une seule envie, c'est de me mettre sous la couette, dit-elle, malgré tout heureuse de cette proposition. Mais pour dimanche, ce sera avec grand plaisir.

— Pas de problème, prends soin de toi.

Elle l'embrassa sur la joue.

— Merci de ta bienveillance, Patricia.

La musicienne quitta le cottage et se retourna avant que Mary ait fermé la porte.

— À dimanche !

Au poste, Andrew avait convoqué toute l'équipe dans la salle de réunion pour une mise en commun des infos.

— Asseyez-vous, qu'on commence enfin, dit-il, visiblement sur les nerfs.

L'équipe s'installa autour des tables assemblées en ovale.

— Vous savez tous que Mary Brennan, le témoin de l'explosion du Cuan Mor, a été visée par des tirs au château de Gylen, aujourd'hui vers 15 heures. Simon, qu'as-tu appris des matelots de la Calmac qui gèrent la barge ?

— Pas grand-chose d'intéressant, j'en ai peur. À la première traversée, ils ont chargé un groupe de huit randonneurs, puis, au retour, Tim Green est passé avec son 4X4 pour se rendre en ville. À celle de midi, Green a de nouveau embarqué pour retourner sur l'île avec des piquets de clôture qui dépassaient de son coffre. Il y avait aussi un couple de cyclistes et c'est tout.

— Autre chose ?

— En revenant à Ardantrive, je me suis arrêté à la ferme des Green. Tim Green m'a confirmé qu'il était allé à Oban chercher du matériel. Nora, elle, a travaillé seule dans son atelier. Elle a emballé toute une nouvelle série de thés, m'a-t-elle dit. Elle n'a pas remarqué de passage sur le chemin près de chez elle. J'en ai profité pour leur demander s'ils militaient contre la mine. Ils n'ont pas caché avoir manifesté le jour du rassemblement à Cononish.

— Emmy ?

— Patricia MacDonald n'a pas bougé de chez elle. Elle a joué du violoncelle toute la matinée. Elle a déjeuné sur le pouce et s'est allongée en début d'après-midi sur son canapé pour regarder un film. Elle n'a rien vu d'inhabituel autour de chez elle, ni sur le port, à part trois ou quatre bateaux venus d'Oban pour boire un coup au pub ou y déjeuner.

— Et son mari ?

— Il est à Londres et rentre dans quelques jours.

Emmy tourna les pages de son carnet et continua :

— Au chantier, Sofia, Yann et Stephen ont également travaillé toute la matinée, déjeuné au pub et sont retournés travailler après. Ils ont aperçu Gladys qui passait devant la porte du chantier pour aller sur la colline, vers 15 heures ou un peu plus tard. Rien de plus.

Andrew regarda Mark.

— Jenny et Gordon ont quitté Ardantrive à bord de leur vedette vers 9 heures pour se rendre aux obsèques de Lucie et sont rentrés après 11 heures à Kerrera. William a fait l'aller-retour avec eux. À son retour, Gordon a travaillé sur un moteur hors-bord au chantier et Jenny était en cuisine jusqu'à environ 15 heures. Il y a eu une quinzaine de personnes à déjeuner, des gens venus en bateau d'Oban et, en effet, les trois ouvriers du chantier, Stephen, Yann et Sofia. William, lui, a rejoint ses cages à saumons et a constaté qu'une cage avait été sabotée pendant son absence.

— On a saccagé sa ferme pendant les obsèques de sa sœur ? C'est dégueulasse, dit un des agents.

— Il est venu ici avant midi pour nous dire qu'on avait détruit une partie de son élevage, en effet. Il était fou furieux, précisa l'inspecteur-chef.

— Ensuite, il est retourné à son activité, déclara Mark. Tout à l'heure, il m'a embarqué sur son dinghy pour me montrer comment le filet qui entoure le bassin avait été découpé. Il croyait que j'étais venu pour constater les dégâts. Mais lorsque je lui ai appris qu'on avait tiré sur Mary Brennan, il est resté sans voix. Il m'a indiqué qu'elle était passée devant chez lui tôt le matin. Il n'a pas quitté son élevage de l'après-midi. Personne ne peut le confirmer comme vous vous en doutez, vu qu'il travaille et habite seul.

Andrew reprit la parole :

— Danny était au pub de 10 heures à 14 h 15. Il a ensuite pris une pause et dit ne pas avoir quitté l'appartement où il loge. Gladys, qui a travaillé avec lui aux mêmes horaires, était en début d'après-midi dans la chambre d'à côté, mais n'a pas observé de mouvement dans l'appartement. Elle est en effet partie se promener sur la colline vers 15 heures, mais n'a rien vu d'anormal. Autre fait important que vous devez savoir : hier, Runar a remarqué que Danny camouflait un tatouage de gang sur le bras. J'ai donc essayé de le provoquer pour voir ce qu'il avait dans le ventre. Il m'a avoué avoir fait partie d'un gang de Glasgow, mais que tout ça, c'était de l'histoire ancienne.

— Vous y croyez, chef ?

— Je n'en sais rien, mais je l'ai trouvé sincère.

Le téléphone d'Andrew vibra, il s'isola et prit l'appel. Quelques instants plus tard, il réintégra l'assemblée où tout le monde parlait à voix basse.

— Votre attention, s'il vous plaît. On savait déjà que l'engin qui a été utilisé pour faire exploser le pub contenait de l'ANFO, un explosif à base de nitrate d'ammonium et de fuel. C'est ce qui est utilisé dans l'industrie minière et l'exploitation des MacDonald dans les Highlands en possède. À ce propos, le directeur de la mine a constaté une anomalie dans la gestion du stock, des explosifs auraient disparu. Ce n'est pas tout, je viens d'apprendre par le labo que l'explosif utilisé pour la voiture de Patricia est de fabrication artisanale, à base de peroxyde d'acétone. Rien à voir avec l'ANFO, donc.

— Les auteurs seraient différents ? demanda Emmy.

— Probable…

— Tout ça ne nous avance pas vraiment, conclut Simon.

— Au contraire, ça nous embrouille encore plus, avoua Andrew Steward.

La nuit tombait sur l'île de Kerrera et la pleine lune commençait à éclairer le port d'Ardantrive de sa brillance métallique.

William entra au pub et s'assit devant la tireuse à bière.

— Salut, dit-il d'un air abattu.

— Bonjour, William, répondit Jenny, qui rangeait de la vaisselle.

La patronne avait encore en tête sa précédente conversation vindicative avec l'éleveur, mais elle ne montra aucune rancune. Au contraire, elle éprouvait de la compassion pour William, qui, en plus de perdre sa sœur, venait de subir un grave dommage pour son entreprise. Danny, qui essuyait une table près de la cheminée, lui répondit d'un signe de la main. Gladys, elle, remplissait le frigo de bouteilles. Elle l'interrogea du regard en montrant du doigt la manette de la Tennent's.

— *Please*, dit-il avec un clin d'œil.

— J'ai appris pour ta cage à saumons. Il y a beaucoup de dégâts ? demanda Jenny.

— Pff ! Mon exploitation ne va jamais s'en remettre, j'ai perdu tous mes juvéniles, dit-il d'un phrasé qui supposait qu'il avait déjà bu.

— Mais qui a bien pu faire ça ?

Il ne répondit pas, mais empoigna la pinte et avala d'une traite quatre longues gorgées.

Danny prit la commande d'un couple installé devant la baie vitrée et, une fois les consommations servies, revint derrière le comptoir pour essuyer des verres. Jenny retourna en cuisine.

— Qui peut bien t'en vouloir, William ? demanda le barman.

Il haussa les épaules et but une autre longue rasade de bière.

— Pff… des concurrents qui aimeraient voir mon business s'effondrer, sûrement.

La pinte terminée, il la tendit à Danny, qui la rinça et la remplit à nouveau.

— … ou des écolos, ajouta l'éleveur.

— Ou quelqu'un qui t'en veut pour d'autres raisons, glissa Danny, à voix basse.

William se raidit immédiatement.

— Quoi, qu'est-ce que tu insinues ?

— Un mari ou un amant jaloux, par exemple ?

William fixa le serveur d'un regard interrogateur. Danny précisa le fond de sa pensée.

— Patricia…

— Patricia, quoi ? Son mari ? Pff !

— Ou peut-être bien son amant.

— Quel amant ?

— Ben, je crois bien que Patricia a pris quelques habitudes au chantier, dit-il en jubilant intérieurement.

— Avec le Breton ?

Le silence du serveur était sans équivoque.

— Putain… c'est pas vrai ?

Il siffla sa bière, partit en claquant la porte du pub, et débarqua en courant au chantier. Yann, qui rangeait des chutes de bois dans un coin du bâtiment, fut surpris de le voir débouler en trombe.

— Qu'est-ce qui t'arrive ?

— Tu baises Patricia ?

— Quoi ?

Il attrapa Yann par le col.

— Tu m'as très bien entendu. Est-ce que tu baises Patricia ?

— Oh, on se calme ! Et alors, qu'est-ce que ça peut te faire ? T'es pas son mari, si ?

William voulut frapper Yann d'un coup de poing, mais le Breton esquiva et se libéra de la poigne de l'Écossais. Il courut hors du chantier et descendit vers la cale. Le coque open de Gordon y était amarré. Il sauta dans l'embarcation, largua l'amarre et écarta le bateau avant de démarrer le moteur. William, qui le suivait de près, arriva trop tard. Il remonta sur le terre-plein et aperçut un plaisancier dans son zodiac au ponton le plus proche. Il accourut vers lui, monta à bord et lui ordonna sans ménagement de quitter son bateau. Devant un tel comportement, le sexagénaire ne broncha même pas, de peur d'être agressé. William mit les gaz et quitta le port à la poursuite de Yann. Celui-ci était déjà sorti de la baie d'Ardantrive et contournait l'île de Patricia. William, à pleine vitesse, le rattrapait. Derrière l'île de Patricia, le ferry de la Calmac approchait du chenal d'entrée à Oban. Yann fut surpris et donna un coup de barre pour esquiver l'imposant navire. Le coque open vira brutalement sur sa gauche en ralentissant d'un coup. William, qui avait la poignée des gaz au maximum, eut à peine le temps de réagir. Il vira lui aussi soudainement, mais sa vitesse était trop importante. Le zodiac percuta le bateau en plastique. Dans le choc, William fut éjecté. Yann eut le réflexe de sauter à l'eau avant l'impact. Aussitôt, le Breton nagea vers son acolyte et le saisit par ses vêtements pour le mener vers le rivage. L'Écossais dessoûla en un instant et se rendit compte de son moment de folie. Ils nagèrent et arrivèrent sur la grève en contrebas de la maison de Patricia, puis ils s'assirent sur le sable, exténués. Tous deux mirent un moment à reprendre leur souffle et à réaliser ce qui venait de se passer.

— Putain, t'es complètement frappé comme mec, lâcha Yann.

— Excuse, j'ai complètement pété les plombs.

Yann lui dit qu'il comprenait, n'ignorant pas les difficultés que William avait dû affronter, de l'assassinat de sa sœur au récent sabotage de son élevage.

— C'est Gordon qui va pas comprendre, dit-il en regardant les deux bateaux qui gisaient dans l'eau.

— On s'est donnés en spectacle devant les fenêtres de Patricia, on est lamentables. Heureusement qu'elle est à Glasgow.

La lune se reflétait sur l'eau et les lumières d'Oban illuminaient l'horizon.

— Allez, viens, fit William en tapant sur l'épaule de Yann. On ne va pas gâcher notre amitié pour une femme, si ?

— T'as raison, on s'est toujours bien arrangés jusqu'ici.

— Et on a encore quelques affaires à boucler, tu n'oublies pas ? demanda l'Écossais.

— Pas de risques… On termine ce qu'on a commencé et puis je finis les travaux sur le *zulu*. Et après, *ciao* Kerrera, je n'ai pas l'intention de me fossiliser ici !

Ils se levèrent et se regardèrent, tous les deux dégoulinant de la tête aux pieds. Un fou rire s'empara d'eux, puis ils longèrent le bord de mer pour retourner vers le port.

CHAPITRE 12

Les prévisions météorologiques annonçaient une journée ensoleillée et sans vent. La grande marée d'équinoxe se conjuguait souvent avec un temps stable et sec. Ce jeudi 19 septembre était en effet le jour du plus fort coefficient de marée, 115.

Ronan s'était levé tôt pour pouvoir terminer son chantier de peinture. Mary, elle, avait fait la grasse matinée. Elle avait réussi à se détendre, car elle se sentait désormais en sécurité. Un policier avait passé la nuit sur le canapé du salon et un autre avait surveillé les abords du cottage. Leur présence était rassurante sans toutefois être intrusive. Ils étaient tous les deux à l'extérieur lorsqu'elle prit son petit-déjeuner devant la fenêtre qui donnait sur la mer.

Mary sortit sur la terrasse. Face à elle se dévoilaient la marina d'Ardantrive, la colline qui surplombait le port, l'îlot de Rudh-a-Chruidh et la baie d'Oban. *Un de mes derniers repas devant ce panorama*, pensa-t-elle, déjà un peu nostalgique de la beauté du paysage.

Sitôt, le petit-déjeuner terminé, elle rangea quelques affaires qui traînaient çà et là et prit une douche.

Une heure plus tard, chaussée d'une paire de bottes en caoutchouc et équipée d'un panier de pêche qu'elle avait trouvés dans le cabanon, elle traversa le jardin pour descendre à la grève. La mer n'était pas complètement basse, mais les bigorneaux étaient déjà accessibles. Elle parcourut l'estran, zigzaguant entre les cailloux et les algues humides, et manqua de glisser. Elle se reprit et songea qu'il fallait être un peu plus prudente. Il n'était pas question de se blesser, et encore moins de passer aux urgences d'Oban et de devoir retarder son départ. Dans les chenaux qui cheminaient entre les rochers, les longues algues brunes s'étiraient vers le large, ondulant dans une danse aquatique. Les huîtriers pie ponctuaient le paysage de leurs cris aigus et brefs. Les doigts de Mary récoltaient les coquillages un à un sous les algues ou collés aux parois des rochers. Elle en ramassa un bon kilo, juste assez pour elle et Ronan. Dans l'eau, des spaghettis de mer lui donnèrent l'idée du menu du soir. Lorsque la marée fut descendue à son plus bas niveau, elle retourna au cabanon de jardin pour prendre un râteau. De retour en bas de la grève, elle se mit à gratter le sable à la limite de l'eau. Au bout de quelques minutes, elle avait récolté une bonne cinquantaine de coques de très belle taille. Elle collecta proprement avec son couteau quelques bottes d'*Himanthalia Elongata* et s'amusa d'effrayer les quelques crevettes qui s'y cachaient. Enfin, elle s'assit sur un rocher, contente de sa pêche.

Elle observa son reflet dans une flaque d'eau, à ses pieds. Elle perçut un visage fatigué, puis l'image se brouilla. Un crabe qui avançait au fond de l'eau perturba son reflet. Il se posta devant elle, pinces ouvertes, comme pour affronter le danger.

— Eh, je ne te veux aucun mal, continue ton chemin.

Le crustacé continua sa marche de travers.

Ronan et elle allaient se nourrir des trésors de l'Écosse. Un peu à la manière de Nora, qui délivrait à ses clients un condensé d'Écosse à boire. Elle remercia la Nature avec gratitude, elle qui procurait ses richesses à qui veut bien les voir. Elle se leva et saisit son panier en osier pour remonter la grève, contente de s'être servie avec parcimonie.

Danny nettoyait une table sur la terrasse du pub, il la fixa un instant. Mary croisa son regard. Un frisson parcourut son corps. Jamais elle n'avait vu cette expression froide dans ses yeux. Elle ne savait pas qui avait tiré sur elle la veille, mais, pour la première fois, elle eut l'impression qu'il pouvait s'agir de lui.

Comme à chaque grande marée, William vérifia lui-même les ancrages de ses cages à saumons. Les forts courants qui affluaient et refluaient dans l'estuaire de Lorne exerçaient une forte traction sur les fixations, il était nécessaire de vérifier l'état des bouts et des chaînes au fond de l'eau. Il venait d'ôter sa combinaison de plongée lorsque Patricia lui téléphona.

— Te reste-t-il une bouteille de riesling? Tu sais, celle que j'aime bien…

— Oui, elle est au frigo et elle t'attend.

— Je suis rentrée de Glasgow et je voudrais passer ce soir. Ça te dit?

— Tu dînes avec moi?

— Non, je vais répéter une bonne partie de la soirée, je passerai après 22 heures.

— Parfait, je t'attendrai près du feu, comme d'habitude, dit-il en se réjouissant à l'avance.

Une soirée avec Patricia ne se refusait pas. Il adorait qu'elle vienne chez lui après ses répétitions, car après plusieurs heures de concentration derrière son instrument, il savait qu'elle aurait besoin de laisser exploser son trop-plein d'énergie avec lui.

Danny avait vidé les placards de sa chambre et rangé les quelques vêtements qui s'y trouvaient dans un grand sac de sport kaki. Il avait ramassé ses affaires de la salle de bains et gardé le strict minimum pour une rapide toilette. Le lendemain matin, il quitterait Kerrera avec la première rotation de Gordon pour Oban après avoir rendu la clé de sa chambre et dit au revoir à Jenny. Contrairement à ce qu'il avait annoncé à tout le monde, il n'allait pas travailler à Inverness, mais retourner à Glasgow. Son frère Scott avait des problèmes, il était temps de revenir mettre de l'ordre dans le quartier et que chacun retrouve sa place.

Yann termina le calfatage de la coque en fin d'après-midi. Il n'était pas mécontent de boucler cette étape importante avant de partir en Bretagne. Après avoir rangé ses outils sur les étagères, il prépara lui aussi ses affaires. Il fourra quelques vêtements dans un sac à dos et vérifia que son passeport était bien placé dans la petite poche du côté.

Ronan entra dans le bâtiment, un pot de peinture à la main. Pour une fois, le calme régnait, pas une scie ni une machine ne venait agresser les oreilles.

— Salut la compagnie !

Stephen, qui traçait des traits de coupe au crayon sur un morceau de bois, s'arrêta un instant pour lui faire signe et Yann sortit du fond du hangar où se trouvait l'appartement commun. Sofia travaillait à l'extérieur sur la pelouse du pub. Elle avait étalé une voile sur la table de pique-nique en bois et cousait au soleil.

— Salut, répondit Yann en posant son sac.

— Tu t'en vas ? demanda Ronan.

— Tôt demain matin. Je vais donner un coup de main à William pour charger un stock de saumons tout à l'heure, à marée haute, dit-il en vérifiant sa montre. Le camion quitte Oban demain matin pour prendre le ferry en soirée à Plymouth. Puis route vers Douarnenez pour livrer le chargement.

— Ah oui ? Mieux qu'un taxi pour toi !

— C'est ça. Et toi ?

— Chantier terminé, mission accomplie, l'*Endurance* est toute belle. Il me reste un pot de peinture complet, je vous le laisse si ça peut vous servir.

— Merci, tu peux le poser là-bas, dit Stephen de loin en montrant une étagère.

Le soleil avait disparu à l'ouest de Kerrera et la luminosité déclinait rapidement. Mary se trouvait en bas du jardin. La marée, désormais haute, avait entièrement recouvert les galets de la grève et l'eau venait lécher la pelouse.

Le séjour s'achevait, Ronan allait rentrer à Saint-Guénolé en Bretagne et elle à Kinsale, en Irlande. Elle ferait un crochet par Schull pour voir Richard, son père, et inviterait sa mère Helen à venir quelques jours chez elle, car cela faisait longtemps qu'elle n'avait pas passé un moment toutes les deux. Elle leur expliquerait tout ce qui s'était passé et qu'elle n'avait pas voulu dire par téléphone pour ne pas les inquiéter. Puis elle reprendrait son travail à la Lee Gallery à Cork.

Les deux policiers présents la veille pour surveiller Ardantrive avaient été remplacés en fin d'après-midi. Ils se montraient ostensiblement autour du cottage. Ronan, qui rentrait du chantier, les salua et échangea quelques mots avec eux. Avant qu'il entre dans la maison, son téléphone vibra. Erwan.

— Salut, l'ami !

— Hi, dit le Brestois. Tu veux des nouvelles de ton charpentier ?

— *Yes !*

— J'ai appris quelques trucs sur lui au chantier du Guip, pas très apprécié, ton gars. Il a été viré parce qu'il venait au boulot quand il voulait. Il suffisait qu'un pote à lui débarque à Brest pour qu'il fasse la fête pendant deux ou trois jours, sans pointer son nez au chantier. Tu parles qu'on l'a aimé.

— Ah oui ?

— Ce n'est pas tout. Avant de devenir charpentier, il était carrossier et il a été chopé à receler des voitures volées. Yann Conan a été condamné et c'est quand il est sorti de taule qu'il s'est reconverti en suivant une formation aux Ateliers de l'Enfer, à Douarnenez. Il a l'air de s'être rangé depuis, ma « source » n'a pas trouvé d'autres affaires le concernant.

— Tout ça ? Ta source de la rue Colbert[4], je suppose ?

— Chut…

4. Rue où se situe le commissariat de police de Brest.

— Merci, l'ami, on se voit bientôt !

— Ciao !

Voilà qui était très instructif. Yann n'était sans doute plus sous les radars de la police, mais, vu ses agissements, il n'en avait pas tout à fait fini avec les affaires louches.

Mary avait cuit les bigorneaux et les avait servis à l'apéritif sur la terrasse. Ils avaient bien ri, Ronan et elle, en envoyant les coquilles vides le plus loin possible dans la haie. Le bateau de Gordon était rentré au port après une dernière rotation. Le seul passager était Yann, de retour d'Oban où il avait aidé William à décharger ses saumons.

Ronan n'avait rien dit à Mary de sa conversation avec Erwan. Il pensait qu'il était inutile de gâcher ces derniers moments avec ce genre de sujet alors qu'ils passaient une agréable soirée.

Ils dînèrent tranquillement dans le séjour. Mary avait cuisiné les coques au vin blanc, avec des oignons, de l'ail et du persil, additionnés d'une touche de crème fraîche, puis elle les avait ajoutés aux longues algues, cuites comme des spaghettis. Ronan avait apprécié autant que Mary ce condensé iodé d'Écosse. Ils avaient passé la soirée devant *Trainspotting*, qu'ils avaient trouvé sur Netflix. Une image de l'Écosse des années 90, avec ses problèmes sociaux et ses personnages cassés par la vie et drogués. Un monde qui n'avait pas grand-chose à voir avec la vie à Kerrera.

Après le repas, Mary offrit un café aux deux policiers en faction. Eux qui avaient mangé des sandwiches dans leur véhicule apprécièrent cette attention.

— Je vais me coucher, dit Mary.

Ronan, sur la terrasse, les jumelles aux yeux, ne répondit pas.

— Tu vois quelque chose dans cette obscurité ?

— Suffisamment.

— Quelque chose d'intéressant ?

— Qu'est-ce que tu mijotes, toi ? dit-il pour lui-même.

— Comment ça ?

— Yann. Il m'intrigue… il se prépare à sortir, avec un gros sac, dit Ronan en posant les jumelles sur la table basse.

Il se dirigea vers le hall et attrapa sa veste.

— Que fais-tu ?

— Juste vérifier ce qu'il fabrique. Il a quitté le hangar discrètement et a pris le chemin vers le sud.

— Tu es fou ? Parles-en aux flics dehors, mais n'y va pas. Il nous est arrivé assez de mésaventures, tu ne crois pas ?

— T'inquiète pas, je ne vais pas me mettre en danger, juste l'observer. Et puis j'ai le numéro d'Andrew dans mon portable.

— T'es sûr ?

Il lui répondit par un baiser sur les lèvres et un regard qui lui demandait de lui faire confiance. Il quitta le séjour par la terrasse et se faufila à travers la haie pour suivre le charpentier.

Mary se demanda un instant s'il fallait qu'elle en parle aux policiers. Non, il n'était pas question de trahir son compagnon, même si elle n'était pas rassurée par son escapade nocturne.

Elle sortit sur la terrasse et braqua les jumelles vers le sud. L'obscurité l'empêchait de distinguer quoi que ce soit. Son regard se porta vers le pub, encore illuminé. À côté, dans la maison qui abritait le logement des serveurs, pas une lumière. Mais le lampadaire du port éclairait suffisamment la façade pour qu'elle puisse voir la porte s'ouvrir sur le visage de Danny. Il regarda dans toutes les directions avant de sortir et de prendre le même chemin que Yann. Le cœur de Mary tressaillit. Qu'allait-il faire lui aussi à cette heure de la nuit ? Il disparut rapidement. Quelques secondes plus tard, la porte du logement s'ouvrit à nouveau. Gladys en sortit et suivit les traces de Danny. La flic était sur le coup, ce qui rassura instantanément Mary.

Elle décida d'envoyer un SMS à Ronan pour l'informer de ces derniers faits. Il répondit par un OK laconique suivi d'une émoticône qui lui envoyait un baiser. Mary, qui pensait se coucher, changea d'idée. Elle ne trouverait de toute façon pas le sommeil, en pensant à Ronan, parti dans la nuit, elle ne savait où. Elle prépara une infusion, se posa dans le salon devant le feu de cheminée et ouvrit la trilogie écossaise de Peter May.

Ronan avait essayé de suivre Yann, mais il l'avait perdu dans la nuit. Était-il allé vers l'embarcadère de la barge, du côté est de l'île ou bien avait-il bifurqué à l'embranchement qui menait vers l'ouest ? Il choisit l'ouest au hasard.

Quelques minutes plus tard, Ronan arriva près de la maison de William. Le quad de l'éleveur était garé, les volets étaient fermés et de la fumée s'échappait de la cheminée. Sur les rochers, à une bonne centaine de mètres de là, Ronan aperçut un rayon de lumière. Il se cacha derrière un gros bloc de pierre et décida d'observer de loin. Yann, équipé d'une lampe frontale, était accroupi. Le bruit d'une machine résonnait dans la nuit et de la poussière blanche se répandait en fumée autour du halo de lumière, comme s'il découpait la roche.

Gladys était sur le qui-vive, à l'affût du moindre mouvement de Danny, dont l'attitude avait changé. Il était tendu et les traits de son visage s'en ressentaient. Il était évident qu'il préparait quelque chose avant son départ de l'île. C'est pourquoi, lorsqu'elle l'entendit quitter sa chambre à 22 heures, elle était déjà prête à lui coller aux basques.

Elle le suivit discrètement jusqu'à la maison de William. Là, elle décida d'informer ses deux collègues postés à Ardantrive. Elle leur envoya un message pour qu'ils la rejoignent. Au loin sur le rivage, elle entendit un bruit de scie mécanique, mais ne quitta pas des yeux Danny alors qu'il approchait de chez l'éleveur de saumons.

Danny frappa à la porte et William ouvrit quelques instants plus tard, persuadé qu'il s'agissait de sa musicienne préférée.

— Danny, que fais-tu là ? dit-il, surpris.

— Tu attendais quelqu'un d'autre visiblement.

— Qu'est-ce qui t'amène ? demanda-t-il, contrarié.

— Je peux entrer ?

William hésita, puis ouvrit sa porte.

— Juste un moment, j'attends quelqu'un, en effet.

— Patricia…

— Je ne vois pas en quoi ça te regarde.

— Non, bien sûr.

Danny n'avait pas prévu qu'une autre personne serait impliquée, mais peu lui importait. Les dommages collatéraux, c'était le lot de toute opération, il le savait depuis longtemps déjà. Il sortit calmement un pistolet de son blouson et le pointa vers William.

— Qu'est-ce qui t'arrive ?

— Moi, rien, dit-il naturellement. Par contre, pour toi, c'est l'heure des comptes.

William lui rendit un regard plein d'incompréhension et d'effroi.

Mary entendit du bruit à l'extérieur de la maison. Les deux flics quittèrent leur voiture et se mirent à courir. Elle les suivit aux jumelles, eux aussi allaient vers le sud. Après la ferme de Nora, ils prirent le chemin de l'ouest, puis ils disparurent dans l'obscurité. Elle frémit et décida d'envoyer un message à Ronan :

Les deux flics arrivent vers toi.

Il lui répondit instantanément.

Danny est chez William, Gladys est à l'extérieur et Yann est sur les rochers. Je suis en sécurité, caché, pas d'inquiétude.

Ce message ne suffit pas à apaiser Mary. Elle décida d'appeler Andrew Steward pour lui expliquer la situation. Mais le policier était déjà au courant, informé par ses agents. Il essaya de la rassurer et lui conseilla de rester bien à l'abri.

Mary se fit un café cette fois et tenta de se calmer en regardant la mer. La lumière s'éteignit à l'intérieur de la maison de Patricia. La violoncelliste quitta elle aussi sa maison, traversa le gué, et prit le chemin qui menait vers chez William.

Mary stressa encore plus. Qu'allaient-ils tous faire là-bas ? Elle s'imagina William avec Danny, Gladys probablement cachée, comme Ronan. Yann non loin de là, et Patricia qui arrivait.

Danny referma la porte derrière lui et avança. William recula mécaniquement jusque dans le salon. Devant le feu de cheminée, la table basse était garnie de deux verres élégants et d'un seau à glace où une bouteille de vin blanc attendait au frais. De larges coussins étaient disposés au sol sur un tapis épais.

— Pas mal, pour une soirée romantique, ricana Danny.

William était furieux. Il ne savait pas où voulait en venir le serveur, mais son regard déterminé et la vue de l'arme le terrorisaient.

— Assieds-toi, fit-il en montrant le canapé.

William se laissa tomber et Danny prit place dans un fauteuil face à lui.

— C'est toi qui as tué ma sœur ?

— Tu as mis du temps à comprendre, dis donc.

Gladys contourna la maison et essaya de trouver un volet mal fermé pour observer ce qu'il se passait à l'intérieur. Au pignon ouest, un léger décalage entre la maçonnerie et l'attache du volet lui permit d'entrevoir le salon. Elle eut un choc en découvrant que Danny braquait William. Immédiatement, elle attrapa son téléphone pour avertir Andrew de la situation par message. La réponse arriva sans délai :

On arrive par bateau, ne tente rien toute seule.

— Qui es-tu ?

— Danny MacCallum. Mon nom est MacCallum, pas Foster. Je suis le fils de Linda et Jimmy MacCallum.

— MacCallum ?

— Ça m'a fait du mal de camoufler mon nom, on n'imagine pas l'importance que ça a, un nom de famille. MacCallum, ça ne te dit rien ?

William secoua la tête.

— Ça aussi, ça fait mal. Quand ton propre ennemi ignore même ton existence, fit-il, dégoûté.

— Ennemi ? Mais de quoi tu parles ?

— Mais de ce que ta famille a fait à la mienne !

— Écoute, je ne sais pas de quoi tu causes, mais on peut sans doute en parler sans cette arme ? tenta William.

— Ferme-la ! cria Danny. Tu ignores pourquoi je suis là… mais t'inquiète, tu vas tout savoir. Les chantiers de Govan, ça te parle plus ?

William tomba des nues. Il s'attendait à tout, sauf à entendre évoquer le chantier que son père avait dirigé autrefois.

— Ton père, Kenneth Sinclair, a tué les miens. Et maintenant, c'est à moi de lui rendre la monnaie de sa pièce et de faire justice.

— Quoi ?

— Tu as bien compris. Mon père était syndicaliste. Pendant des années, il s'est battu pour les droits des ouvriers du chantier. Mais le directeur, Kenneth Sinclair, s'est toujours vanté de diriger l'entreprise d'une main de fer.

— C'est faux, mon père a lui aussi été victime de la fermeture du chantier. Il a donné sa vie pour son job, et il en est mort quelques années plus tard, d'une crise cardiaque. Il s'est usé la santé pour pouvoir garder le chantier la tête hors de l'eau et assurer le maintien des emplois.

Danny rit aux éclats.

— C'est ce qu'il vous a raconté, bien sûr. Mon père, lui, disait que Sinclair n'avait rien fait pour sauver le chantier. Pire, qu'il avait été mis en place pour le couler. Il n'a jamais pu savoir ce qui se jouait derrière cette fermeture, mais, quelques mois plus tard, les bâtiments ont été rasés et un centre commercial a vu le jour. Après la fermeture des chantiers et leur démolition, j'ai vu mon père dépérir et s'enfoncer dans l'alcoolisme. Sinclair avait promis de recaser un maximum des ouvriers dans d'autres industries, mais il n'a rien fait. Des familles entières sont tombées dans la misère, comme la mienne. Mon père s'est laissé mourir. Oh, ce n'était pas seulement le fait d'avoir perdu son boulot, il était rongé par la culpabilité de n'avoir pas fait assez pour ses camarades, parce qu'il aurait dû se méfier des promesses de ton père. Il a été berné parce qu'il a été naïf.

— Qu'est-ce que ça à voir avec moi et ma sœur ?

— J'ai pas fini, coupa Danny. À la mort de mon père, ma mère nous a élevés seule, Scott et moi. Elle est morte trois ans plus tard, usée par la vie. Scott s'est laissé embringuer dans un gang, puis moi aussi. J'ai prouvé de quoi j'étais capable. On n'imagine pas comment une enfance difficile, ça forge un caractère.

— Tu es devenu un vrai caïd, si je comprends bien.

— Ouais, j'ai gravi les échelons à la force de mes poings. Je m'en tire pas trop mal, si tu veux savoir, dit-il, satisfait. Seulement, le pouvoir et l'argent, c'est bien joli, mais ça ne remplace pas une famille détruite.

— Et tu crois qu'en éliminant la mienne, tu vas arranger les choses ?

— Lorsque j'ai appris que le vieux Sinclair était mort, j'ai été très déçu, c'est vrai. Depuis des années, j'imaginais ce que j'aurais pu lui faire subir, c'est dommage. Puis je me suis dit une chose : il nous a bien détruits, nous les MacCallum sur deux générations, et combien d'autres foyers encore ? Il a anéanti notre famille, je vais faire subir le même sort à la sienne, c'est aussi simple que ça.

Il marqua une pause.

William pensa à Lucie. Elle avait été la première à subir la vengeance de Danny, lui serait le second. Un frisson traversa son corps. Il pensa avec effroi à Patricia qui n'allait pas tarder à arriver.

— J'ai merdé pour Lucie. Au début, je ne savais pas comment m'y prendre. J'ai écrit une lettre anonyme, je l'ai suivie en voiture, j'ai envoyé un pavé dans sa vitrine pour la faire flipper. Puis j'ai repéré ses habitudes pour la faire péter à l'ouverture de son pub, mais c'était une mauvaise idée. Il a fallu que je l'achève, j'ai pris des risques inutiles.

— Salaud…

— Et puis, ce qui me gêne, c'est qu'elle n'a même pas compris la raison. Non, vraiment, j'ai foiré. Avec toi, c'est vachement mieux. Au moins, je peux m'expliquer et surtout tu peux comprendre, dit-il presque en jubilant.

— Et tu as voulu me faire accuser du meurtre de ma sœur ?

— Ben, j'avoue que j'y avais même pas pensé. J'ai pris ton bateau la nuit parce que c'était la solution la plus pratique et aussi la plus discrète. Mais quand j'ai su que quelqu'un pensait t'avoir vu au milieu de la nuit, j'ai trouvé ça excellent !

— C'est toi qui as saboté mon élevage ?

— Ouais, c'était sympa, cette expédition, et tellement émouvant de libérer ces poissons emprisonnés.

— Les flics t'auront.

— Alors, ça, je parierais pas là-dessus. Lorsqu'ils te trouveront demain, avec une balle dans le crâne et la maison fouillée, ils croiront à un cambriolage qui a mal tourné. Ça arrive, ces choses-là, dit-il, ironique. Et moi, j'aurai quitté l'île comme prévu et on n'aura rien à me reprocher. On cherchera sans doute à savoir où j'étais, et j'affirmerai que j'étais dans ma chambre, évidemment. Personne ne pourra l'attester, mais pourquoi on douterait de ma parole ? Jenny pourra confirmer que je lui ai toujours donné satisfaction, j'ai été un employé modèle tout au long de ma présence ici.

— Et la voiture de Patricia ? Pourquoi tu t'en es pris à elle ?

— Alors là, tu te trompes, je n'ai rien à voir avec ça !

— Comment ça ?

Les deux hommes entendirent des pas approcher. Patricia. Danny se leva et parla à voix basse :

— Accueille-la normalement, et pas un mot de travers…

William alla ouvrir la porte et la musicienne entra. Arrivée dans le séjour, elle s'arrêta net en découvrant Danny, armé derrière la porte.

— C'est quoi, cet accueil ?

— Rien qui vous concerne, Patricia, mais vous tombez au mauvais moment, c'est bête.

Elle se figea, stupéfaite. William la prit par les épaules. Son cerveau tournait à plein régime, mais il ne voyait pas comment échapper à Danny. Et surtout, il s'en voulait tellement de voir Patricia associée à cette situation.

Un bateau rapide passa à proximité de l'élevage de saumons et tourna brusquement pour accoster au ponton de William. Aussitôt, sur les rochers, la machine se tut et la lumière s'éteignit. Yann se mit à courir et fila dans la nuit.

Andrew et trois de ses agents remontèrent la grève en courant en direction de la propriété de William.

Ronan se montra à la vue d'Andrew.

— Ronan ?

— Yann mijote quelque chose, il a fui vers là-bas. Et Patricia vient d'entrer chez William.

Andrew n'était visiblement pas au courant de la présence de la musicienne. Quant à Yann, apparemment, il n'avait rien à faire de lui. Les yeux du policier étaient fixés sur la maison. Gladys, au pignon, fit signe de la main.

— Restez en retrait, Ronan.

Il avança et, d'un regard, enjoignit à ses agents de le suivre. Ils arrivèrent près de Gladys, qui leur décrivit la situation à voix basse, et Andrew ordonna à ses subalternes d'encercler la maison.

Mary tournait en rond dans le salon. Elle alimenta le foyer de la cheminée de quelques morceaux de tourbe, retourna sur le canapé et s'enroula dans son plaid, elle n'avait pas la tête à lire. Soudain, elle aperçut un petit bateau accoster sur l'île de Patricia. Deux personnes en sortirent et se dirigèrent vers la maison. Elle attrapa les jumelles, mais elle ne vit pas grand-chose, la lumière de la lune était masquée par des nuages.

Patricia observa la pièce. Le confortable tapis devant la cheminée, les verres près du seau de glace où des gouttes fraîches perlaient sur la bouteille de riesling.

Et Danny, le regard glacial, l'arme à la main, un véritable cauchemar…

— Danny en veut à ma famille, dit William à Patricia.

— Non, c'est toi qui as tué Lucie ? Et c'est toi qui as fait exploser ma voiture et tiré sur Mary ?

— Mary, elle fouillait un peu trop, il fallait l'arrêter avant qu'elle m'entrave dans mes projets. Quant à votre voiture, je n'ai rien à voir avec ça.

— Danny, tu n'es pas comme ça, voyons, tenta Patricia.

Il eut un rire sinistre.

— Mais vous ne savez rien de moi, Patricia. L'image que vous avez de moi, je l'ai construite uniquement pour arriver à mes fins. Assez discuté ! Ta chambre est à l'étage ? demanda-t-il à William.

Il acquiesça et Danny leur fit signe de se lever avec le bout de son pistolet.

— Vous montez et je vous suis. Pas de mouvement brusque, je vous préviens.

Les deux policiers derrière la porte entendirent les propos de Danny. Ils imaginèrent le trio se déplacer dans le hall et s'apprêter à monter l'escalier. *Peut-être le moment opportun pour intervenir et le surprendre par-derrière*, se dit Andrew.

Ronan était toujours à l'abri du rocher, quand, soudain, une explosion retentit au loin, vers le port d'Ardantrive. Une lueur jaunâtre illumina le ciel au-delà des collines.

Patricia avait déjà monté trois marches et William allait la suivre lorsque l'explosion retentit. Danny fit un bond et regarda autour de lui. Au même moment, la porte d'entrée s'ouvrit en grand et Andrew pointa son pistolet devant le visage du barman.

— Lâche ton arme !

William plaqua Danny au sol. L'arme du jeune homme tomba et Gladys l'attrapa. Elle la fourra dans son dos sous son blouson et menotta le barman. Patricia crut qu'elle allait défaillir. Elle plia les genoux et se laissa glisser contre le mur pour s'asseoir dans l'escalier.

Ronan essaya d'appeler Mary, mais elle ne répondit pas. Une sueur froide parcourut son corps et il envisagea le pire. À la troisième tentative, elle décrocha.

— Mary ? Ça va ?

— Oui, je vais bien, dit-elle d'une voix tremblante.

— Qu'est-ce qu'il se passe ?

— La maison de Patricia vient d'exploser.

CHAPITRE 13

Danny avait été transporté au poste de police juste après son interpellation. Le lendemain, l'inspecteur-chef convoqua William à 10 heures.

— Comment allez-vous ? demanda le policier.

— Ça va, ça va, répondit-il un peu malgré lui. Je n'arrive toujours pas à encaisser ce qu'il m'a dit, tout ça me dépasse tellement. Cette vengeance qui vient de si loin. Je n'ai jamais imaginé ce que la fermeture de ce chantier de Glasgow impliquerait pour les familles qui l'ont subie et pour la mienne.

— Vous n'êtes responsable de rien.

— Non, bien sûr, et ma sœur non plus n'y était pour rien.

— Danny nie avoir tué Lucie, annonça le policier.

— Quoi ?

— Oui. Il nie parce qu'il sait que nous n'avons aucune preuve contre lui, sauf votre témoignage. Pas sûr que ça suffise à le faire condamner. Il n'est pas stupide. Gladys, qui était cachée à l'extérieur de la maison, n'a pas entendu ce qu'il vous disait.

Andrew attendit que William intègre cette information.

— Alors, comment justifie-t-il son intrusion dans ma maison et ses menaces contre moi et Patricia, si ce n'est pour achever sa vengeance ?

— Il voulait vous cambrioler.

— Me cambrioler, il a osé dire ça ? J'en rirais si ce n'était pas si douloureux.

Puis il baissa la tête. En effet, il n'y avait que son témoignage pour accuser Danny.

— Savez-vous ce que Yann trafiquait au même moment sur les rochers ? demanda le policier.

— Aucune idée. Il est parti à l'aube avec le camion de saumons. Il descend à Plymouth et prend le ferry pour Roscoff avant de livrer mes poissons à Douarnenez, en Bretagne.

— Et Patricia ?

— Tout comme moi, elle a été extrêmement choquée par le comportement de Danny. Mais quand elle a découvert sa maison détruite, je ne vous dis pas… Elle est partie chez une amie d'Oban qui l'a hébergée cette nuit.

La façade de la maison de Patricia était comme éventrée et de la fumée s'échappait encore de la bâtisse presque totalement détruite. Un trou béant remplaçait la grande baie vitrée du séjour qui donnait sur la mer, là où Patricia aimait jouer de son instrument. Les murs étaient noircis par les flammes et le toit avait intégralement brûlé avant de s'effondrer.

Les pompiers étaient arrivés d'Oban, car l'île de Kerrera ne disposait d'aucun moyen de lutte contre l'incendie. Le temps nécessaire à la traversée avait permis au feu qui avait suivi l'explosion de se propager à toute la maison.

Deux policiers étaient en train d'examiner les ruines. Un autre agent s'était rendu au cottage pour interroger Mary.

— J'ai vu un bateau rapide venir du nord et accoster sur l'île de Patricia.

— Il n'arrivait pas d'Oban ?

— Non, de cette direction, fit Mary en indiquant le nord du chenal d'entrée. Deux personnes ont débarqué. Peu de temps après, il y a eu cette déflagration. C'était impressionnant. Puis les deux personnes sont reparties à toute vitesse dans leur bateau. Je suis sortie sur la terrasse et j'ai entendu une voix d'homme.

— Qu'est-ce qu'il a dit ?

— Je n'ai pas compris ce qu'il disait, ils étaient loin.

Gladys accompagna Ronan sur les rochers à l'heure de la marée basse à l'endroit où il estimait avoir vu le charpentier la veille au soir.

— Voilà, ce doit être à peu près là, dit-il en montrant le périmètre.

Il regarda sa montre.

— Il est 13 h 40, c'est marée basse, mais je pense qu'hier soir le niveau de la mer était bien plus bas. Le coefficient était de 115, aujourd'hui il n'est plus que de 111.

Gladys observa autour d'elle et compléta le propos de Ronan.

— Et le vent est de secteur sud-ouest, il contrarie le flux descendant.

— Exact.

Ils passèrent un bon moment à arpenter la zone en essayant de distinguer des traces de coupes dans le granit, au sec et sous l'eau, mais sans résultat.

William n'avait pas réfléchi longtemps, la décision s'imposait d'elle-même. Danny jouait au plus malin, mais il n'allait pas se moquer du monde bien longtemps.

Il rentra à Kerrera à bord de son bateau et s'amarra sommairement pour le bref instant qu'il devait passer à son domicile. Au bout de quelques minutes, il en ressortit et glissa dans sa poche intérieure une petite boîte étanche qu'il était venu chercher. Puis il retourna sur le ponton, monta à bord de son bateau et rejoignit Oban.

Il entra dans le poste de police, il demanda à parler à nouveau à Andrew Steward.

— Entrez, William. Vous avez oublié de me dire quelque chose ? fit le policier, étonné de le voir revenir si vite.

— Danny n'a toujours pas avoué ?

— Non.

William ouvrit sa poche, sortit la boîte et l'ouvrit. Puis il brandit vers le policier la clé USB qui s'y trouvait.

— Qu'est-ce que c'est que ça ?

— La preuve que vous recherchez.

Andrew ouvrit grand les yeux.

— Avec ça, il ne pourra plus nier qu'il est un assassin. Allez-y, branchez-la, fit William.

Le policier s'exécuta. Une fenêtre s'ouvrit sur une vidéo.

— Avancez à la huitième minute.

Il poussa le curseur et lança la lecture. Le salon de William apparut à l'écran. À gauche, Danny assis dans un fauteuil, au centre, la table basse et de larges coussins devant le feu de cheminée en arrière-plan. À droite, William était sur le canapé. Danny y dévoilait son identité, la façon dont il avait tué Lucie et ses regrets de s'y être mal pris. Devant l'écran, Andrew devint blême. Il continua à écouter le barman expliquer sa volonté de tuer William pour achever sa vengeance. Puis on entendit quelqu'un frapper à une porte. On ne vit pas Patricia à l'image, mais sa voix était très reconnaissable. Ensuite, Danny avoua avoir tiré sur Mary parce qu'elle devenait dangereuse.

— Voilà, tout y est, non ?

Andrew était stupéfait. Avec cet enregistrement, Danny était foutu.

William devina l'interrogation du policier avant qu'il n'ouvre la bouche.

— Pourquoi ces images ?

Andrew hocha la tête.

— C'est la première fois que je fais ça, rassurez-vous.

— Je ne cherche pas à être rassuré, mais à comprendre.

— Oh, je ne suis pas très fier de moi, mais je ne sais plus quoi faire, je suis aux abois, dit-il, abattu. Mon élevage était déjà en difficulté depuis plusieurs mois, mais depuis que j'ai perdu mes juvéniles, mon activité est fichue. Sauf si je trouve rapidement de l'argent.

— Et donc ?

— La seule solution que j'ai trouvée est d'en soutirer à quelqu'un qui en a.

— En faisant du chantage à Patricia ? En menaçant de dévoiler à son mari des images d'adultère, si je comprends bien ?

William acquiesça.

— J'ai placé cette mini-caméra dans la bibliothèque de mon salon dans ce but. Mais comment aurais-je pu me douter qu'elle filmerait ce genre de scène ? Faire justice à ma sœur est plus important que tout au monde, bien plus important que tout l'argent que je pourrais obtenir. Mais est-ce que je peux vous demander une faveur ? Si vous pouviez vous servir de ces images seulement pour obtenir les aveux de Danny et qu'elles ne nuisent pas à Patricia, je vous en serais très reconnaissant.

— Qu'elles ne nuisent pas à Patricia, et que votre amie ne sache pas qu'elles existent, compléta Andrew.

Le policier n'eut pas envie de juger William, lui qui avait déjà tellement souffert. Il imagina qu'après toute cette violence contre sa famille allait probablement s'ajouter une faillite. Il ajouta :

— Danny ne pourra pas faire autrement que d'avouer, cette vidéo n'aura alors plus beaucoup d'utilité.

Mary revenait de la ferme de Nora. Elle avait acheté un stock de thé pour le rapporter en Irlande. Sa mère ne buvait que ça du matin au soir, elle ferait une heureuse. Dans trois jours, ils seraient partis et ce séjour à Kerrera ne serait plus qu'un souvenir au goût amer. Ronan avait terminé ses travaux et vérifié que tout le bateau était en ordre. Il allait laisser l'*Endurance* sur le terre-plein et Colin se chargerait de le remettre à l'eau au printemps, pour une nouvelle saison.

Alors que Mary regardait la mer, elle vit William ouvrir les volets de la maison de Lucie. Elle le rejoignit et il l'invita à entrer.

— Une bien belle maison, dit Mary en observant les meubles anciens, mais un rien démodés.

— Je regrette que vous ayez été mêlée à tant de violence.

L'Irlandaise était submergée par l'émotion. Voir l'endroit où vivait Lucie la remua. Elle y sentait sa présence et s'attendait presque à la voir entrer dans la pièce.

— C'était la maison de notre mère, qui lui venait de ses parents. Lucie aimait y vivre. Elle aimait les belles choses, la belle vaisselle et le cristal, dit-il en détaillant la salle à manger meublée d'un style Art déco.

Puis il se déplaça dans la cuisine et Mary le suivit. Un gilet en laine bleu marine était posé sur le dossier d'une chaise. Sur la table se trouvaient un mug à l'effigie d'un chat et d'un chien, des miettes de pain et un couteau, comme si elle venait juste de partir.

Elle n'a pas eu le temps de débarrasser, elle avait peur de manquer la première traversée pour Oban, se dit Mary.

— Qu'allez-vous faire, William ?

— Je n'en sais rien. Je pense que mon élevage n'est plus viable maintenant qu'une bonne partie de ma production est compromise. Je retournerai peut-être travailler chez mon ancien employeur.

— Faire payer des innocents pour se venger d'une injustice, quelle absurdité ! lâcha Mary.

Mary quitta la maison de Lucie et retourna au cottage. Elle prit un *Scotland magazine* qui se trouvait dans le porte-livre et s'allongea sur le canapé. Ronan se servit une bière qu'il alla siroter assis sur le muret devant la terrasse. Devant lui, il scrutait la sinistre maison calcinée.

— Quel gâchis…

— Quoi ?

— La maison de Patricia, quel gâchis !

— J'ai hâte d'assister au concert de son orchestre demain à la tour McCaig.

— Oui, ça va sûrement être chouette. Au moins, on partira d'Écosse sur une note positive.

— Laquelle, le do ou le mi ?

— Quoi ?

— Je plaisante, dit-elle.

Ronan sourit.

— Tu vas mieux.

— Je sais pas. Je pense toujours à Lucie.

— C'est bien notre chance d'être tombés dans un merdier pareil… et c'est pas fini. Ils n'ont toujours pas trouvé qui a fait exploser la maison, ni la voiture d'ailleurs.

Mary était subjuguée par les images de l'article qu'elle lisait qui avait pour sujet l'île de Skye.

— On pourrait faire un crochet par Skye avant d'aller prendre l'avion à Glasgow, non ? Ça a l'air magnifique.

— Hein ?

— L'île de Skye a l'air super belle et il y a des trucs incroyables à voir. Tu sais quoi, des scientifiques ont trouvé des fossiles de dinosaures sur la côte ouest de l'île. On peut les voir à marée basse sur les rochers. Des os emprisonnés dans la matière et qui, en se décomposant, ont laissé leur empreinte dans la roche sédimentaire. J'aimerais trop voir ça.

— Quoi ? Des empreintes de dinosaures ?

Ronan accourut dans le salon pour regarder le magazine.

— Fais voir, dit-il par-dessus l'épaule de Mary. Des empreintes sur les rochers, visibles à marée basse…

Ces mots firent tilt dans son esprit.

Andrew diffusa la totalité de la vidéo à Danny après qu'il avait une nouvelle fois nié avoir tué Lucie. Il se vit très distinctement à l'image tout expliquer à William. Le barman devint livide, il était fichu, sa défense était tombée en un instant.

— Putain, le salaud ! lâcha-t-il en regardant par terre et en secouant la tête.

Emmy et Andrew échangèrent un regard satisfait.

— Cet abruti se filmait avec la musicienne ? Pff, c'est glauque. Qu'est-ce que j'ai été con ! Si j'avais été plus rapide, je lui aurais collé une balle bien avant que Patricia arrive.

— Faudrait savoir, on ne peut pas regretter d'avoir été trop rapide avec la sœur et se plaindre d'avoir pris son temps avec le frère, déclara Emmy.

Danny lui lança un regard furieux.

— Et l'explosion ? demanda Andrew.

— La bagnole de la musicienne ?

— Non, la maison de la musicienne.

— C'est quoi, ces conneries ? Sa maison a explosé ?

— Parce que tu nies aussi ?

— Évidemment que je nie ! J'ai rien à voir avec ça. Pas plus qu'avec sa voiture d'ailleurs.

— Là, on n'a pas de vidéo, chef, ironisa Emmy.

— Puisque je vous dis que c'est pas moi ! Je n'ai jamais menacé Patricia. J'aurais pu, parce que je soutiens totalement la cause des opposants à la mine. Mais ça, c'est pas moi !

Danny était désarmant de sincérité, les deux policiers échangèrent un regard contrarié, eux qui pensaient arriver au bout de leur enquête.

— Parce que tu es écolo, toi ? demanda la policière.

— C'est quoi, cette question ? Pourquoi je pourrais pas être écolo ?

— Des mecs comme toi qui vendent de la drogue à des gamins, ça veut le bien de la planète ? Fais-moi rire.

CHAPITRE 14

Le camion de saumons avait traversé la Manche sur l'*Armorique*, navire de la Brittany Ferries. Le conducteur, Tony, un gars d'une trentaine d'années, avait l'habitude des voyages en Bretagne. La compagnie pour laquelle il travaillait était spécialisée dans le transport de poissons et crustacés entre le Royaume-Uni et la France. Yann l'avait rencontré sur le port d'Oban et le chauffeur routier lui avait proposé une place dans le camion pour rentrer en Bretagne. Cela permettait au charpentier de voyager à moindres frais et apportait à Tony un peu de compagnie pour meubler les longues heures de route entre l'Écosse et le sud de l'Angleterre.

Arrivé à Douarnenez, le camion-vivier, équipé pour transporter des poissons et crustacés vivants, manœuvra rue Anita-Conti, sur le port. Il recula contre le quai de déchargement. Aussitôt la double porte ouverte, le conducteur grimpa à l'intérieur et coupa le système de circulation de l'eau de mer.

Un employé assis sur un chariot élévateur s'activa à décharger les caissons pour les entreposer dans le lieu de stockage. Une fois l'opération réalisée, le semi-remorque reprit la route pour aller livrer un autre client en crabes. Tony salua Yann de la main et un coup de klaxon résonna en guise d'au revoir.

À 100 mètres de là, Erwan, accoudé à la rambarde de la rue en surplomb, avait observé le déchargement. À ses côtés, une femme blonde d'une quarantaine d'années vapotait. Tous deux avaient repéré Yann, qui traînait dans le hangar à marée en attendant que le type au chariot finisse son travail.

— Tu sais que c'est complètement illégal de faire quoi que ce soit.

— Oui, je sais, tu n'es pas mandatée sur une affaire, mais tu peux très bien tomber sur un délit par hasard, non, madame la capitaine ?

— C'est un peu tiré par les cheveux. D'ailleurs, tu ne sais même pas ce que tu cherches. Si ça se trouve, ce type est réglo.

— Attends un peu, je vais voir ça de plus près.

Erwan descendit du belvédère et approcha du bâtiment, suivi de la capitaine Le Du.

Le type rangea son Fenwick et démarra un Partner blanc garé dehors. Il manœuvra pour se garer en marche arrière devant la grande porte ouverte du magasin de marée. Erwan fit le curieux à l'entrée du bâtiment, comme un éventuel badaud pourrait le faire.

— J'ai vu que vous avez réceptionné de la marchandise, vous vendez du homard ?

— Non, on ne vend rien aux particuliers, monsieur. Nous sommes grossistes, nous fournissons aux poissonneries, aux restaurants, ce genre de clients, répondit le type.

Yann, une cigarette à la bouche, au volant du chariot, chargea une palette recouverte d'une bâche. Erwan sortit de sa poche un paquet de cigarettes et glissa une Marlboro entre ses lèvres. Il le fixa un moment et sentit que le jeune homme était mal à l'aise.

— Eh, vous, là-bas ! l'interpella Erwan.

Yann, en plein stress, actionna la manette dans le mauvais sens. Les flèches du chariot descendirent d'un coup sur le sol, et la palette avec.

— Vous avez du feu ?

Yann avait changé de couleur, il regardait son chargement en fulminant. La bâche avait bougé et laissait découvrir un bloc de pierre grise d'environ un mètre de long, fendu en deux. Erwan s'approcha.

— Je suis désolé, je vous ai distrait dans votre manœuvre.

Il se pencha au-dessus de la pierre et souleva la toile.

— Qu'est-ce que c'est que ça ?

— Ça ne vous regarde pas.

— Et vous n'avez rien à faire dans ce bâtiment, ajouta l'autre.

— Et merde ! lâcha Yann.

— Une empreinte… dans la roche ? Viens voir, Anne ! dit Erwan d'un signe de la main.

La capitaine entra à son tour et détailla le bloc de pierre. La dalle découpée à la machine en forme de rectangle d'une vingtaine de centimètres d'épaisseur était cassée en plein milieu. La forme très reconnaissable d'un os se trouvait à la surface du bloc, lui aussi brisé en deux.

— Ça ressemble fort à un fossile.

Il était piégé. Il avait envisagé de fuir, mais c'était foutu d'avance. Comment deux flics pouvaient-ils être au courant et débarquer dans le magasin de marée ? Les deux complices échangèrent un regard défait.

— En effet, c'est un ptérosaure. Un reptile ailé datant du crétacé, il y a probablement 160 ou 170 millions d'années, avoua Yann.

— Où avez-vous extrait ce bloc de pierre ? demanda Anne.

— Sur l'île de Kerrera, en Écosse.

L'amie d'Erwan sortit sa carte de police.

— Capitaine Le Du, police de Quimper. Messieurs, il va falloir nous en dire un peu plus, mais nous verrons cela au commissariat.

Elle saisit son téléphone et appela son équipe. Pendant ce temps-là, Erwan constata les dégâts.

— Quel gâchis ! Comment peut-on être assez idiot pour transporter un morceau de préhistoire sans prendre plus de précautions ? Ce fossile aurait eu toute sa place dans un musée. Il a survécu à combien, 160 millions d'années d'érosion et d'aléas climatiques, mais pas à quelques heures entre vos mains, bravo !

Yann était furieux, mais il resta silencieux.

Quelques minutes plus tard, les deux hommes furent menottés par l'équipe de la capitaine, conduits au commissariat de Quimper et la pierre cassée, saisie. Anne Le Du expliquerait au procureur de Quimper qu'elle avait découvert cette infraction par hasard en flânant sur le port de Douarnenez et avait constaté le flagrant délit.

Il trouverait évidemment cela douteux, d'autant plus qu'elle était accompagnée de son ami détective Erwan Le Tallec.

Anne monta dans la voiture banalisée conduite par ses collègues et les deux complices prirent place dans un fourgon avec d'autres policiers, en direction de Quimper.

Erwan, satisfait de la tournure des événements, fit quelques pas sur port et appela son ami. Ronan se baladait seul sur les quais d'Oban, où un fileyeur débarquait sa pêche devant les badauds. Le temps était magnifique et incitait les Glaswégiens et autres Écossais à la promenade en ce début de week-end. Son téléphone vibra, il prit l'appel.

— Ton charpentier est sous les verrous.

— Waouh ! dit-il, admiratif. J'aime ton efficacité, Erwan. Et comment as-tu fait ?

— Oh, je n'y suis pas pour grand-chose.

— Ton amie Anne ?

— Oui, le ferry est arrivé à Roscoff à 8 heures ce matin. Lorsque les véhicules en sont sortis, je n'ai pas eu de mal à repérer celui de ton gars, avec son logo Seafood peint en bleu et vert. En effet, j'étais avec Anne, on ne peut rien te cacher. On a suivi le camion jusqu'à Douarnenez, puis il a stationné sur le port, devant un magasin de marée. Avec ma capitaine préférée, on s'est promenés comme un couple d'amoureux.

Ronan décelait dans sa voix une allégresse évidente. Il supposa que, malgré le « jeu » auquel Erwan s'adonnait pour lui, il avait un vrai plaisir à être accompagné d'Anne.

— On est tombés sur eux, par hasard, évidemment, dit-il en toute ironie, au moment où ils déchargeaient la marchandise. Une mauvaise manipulation, et hop, la pierre que Yann transportait sur son chariot élévateur s'est brisée !

— Non, c'est pas vrai… mais quel abruti !

Il réfléchit un instant et ajouta :

— C'est bien beau de vouloir prendre soin des vieux bateaux et du patrimoine et, à côté de ça, de n'avoir aucun respect pour ce genre de pièce.

— C'est exactement ce que je me suis dit.

— On n'est pas amis pour rien, conclut Ronan en riant. J'allais justement voir Andrew, le policier. Je vais l'en informer, il va tomber de sa chaise.

Ronan raccrocha, quitta le port pour se rendre au poste de police. Lorsqu'il entra, Andrew venait de terminer une conversation téléphonique. Il rangea son portable dans sa poche, visiblement contrarié. Ronan s'attendait à une ambiance légère à la suite de l'arrestation du meurtrier de Lucie, mais il sentit une tension évidente.

— Bonjour, Ronan.

— J'ai des nouvelles de Bretagne.

— De Bretagne ?

— Yann, le charpentier, a été arrêté.

— Pour quel motif ?

— Détention et recel de biens archéologiques. Dans la nuit de jeudi à vendredi, lorsque vous êtes intervenus chez William, je vous ai dit que Yann trafiquait quelque chose sur les rochers. Il profitait de la marée basse amplifiée par les grands coefficients pour découper à la scie l'empreinte d'un os de dinosaure. Il l'a chargé, probablement quelques heures plus tard, dans le camion de transport de saumons à destination de Bretagne.

— C'était donc ça, il volait un fossile… Mais comment avez-vous fait pour qu'il soit coincé ?

— Un ami proche d'une capitaine de police…

— Bravo, Ronan !

Il réfléchit un instant et ajouta :

— William n'est peut-être pas étranger à ça.

— Possible… L'opération s'est déroulée près de chez lui, il aura repéré ce fossile et mit Yann sur le coup. Je crois que ce Yann est prêt à sauter sur toutes les bonnes occasions qui se présentent, dit-il en ayant à l'esprit la scène de vol dans le yacht au chantier de Kerrera.

— Merci de votre aide, Ronan.

— Je pense que vous allez avoir rapidement des nouvelles de la police française.

— Vous rentrez bientôt ?

— Oui, lundi. Nous vous saluerons avant de partir.

— Avec plaisir, à lundi !

Ronan referma la porte derrière lui et Andrew reprit son téléphone. Il essaya de rappeler Lisa, sans plus de succès.

— Mais qu'est-ce qu'elle fabrique ? dit-il tout haut.

— Qu'est-ce qu'il se passe, chef ? demanda Emmy.

— Ma fille, elle ne répond pas au téléphone. Je suis allé voir à sa boutique avant de venir, mais elle était fermée. D'habitude, le samedi matin, elle ouvre.

— Et son compagnon ?

— Lui aussi est injoignable.

— Ils font peut-être la grasse matinée.

— Mouais…

Derrière le comptoir de l'accueil, Simon était en communication. Il posa sa main sur le combiné et appela Andrew.

— Chef, Monsieur Robertson, au téléphone.

— Qu'est-ce qu'il veut encore, celui-là ?

— Il dit qu'il se trame des choses inhabituelles près de chez lui.

Andrew pouffa et contourna le meuble pour prendre l'appel.

— Bonjour, monsieur, que se passe-t-il ? dit-il en masquant son agacement.

— Bonjour, monsieur l'inspecteur-chef. Il y a un hangar vert devant chez moi qui est inoccupé depuis plusieurs années. Le propriétaire est un gars de Birmingham, je crois. On ne l'a pas vu depuis des lustres.

— Et ?

— Et donc, il n'y a jamais personne autour de ce hangar, mais ce matin, un fourgon rouge s'y est garé. Je trouve ça bizarre.

— Un fourgon rouge, et alors ?

Simon tendit l'oreille.

— Demandez-lui de quelle marque, chef, glissa Simon.

Il n'eut pas besoin de le faire, Robertson compléta :

— Un Toyota rouge.

— Toyota rouge, répéta Andrew. Vous avez vu l'immatriculation ?

— Non, et je n'ai pas envie de m'approcher. Je ne voudrais pas me mettre en danger.

Simon dit à voix basse :

— Un fourgon Toyota rouge faisait partie des véhicules repérés lors de la manifestation anti-mine à Cononish, chef.

— Ne faites rien, monsieur Robertson. Vous restez, vous et votre épouse, à l'intérieur de la maison et n'en sortez pas, c'est bien compris ? Nous arrivons.

— Bien, monsieur l'inspecteur.

Andrew raccrocha.

— Simon, vous savez à qui appartient ce van ?

L'agent ouvrit une chemise cartonnée et parcourut une feuille.

— À une société nommée SD nettoyage de Creagan.

Ce nom n'évoqua rien à Andrew.

— Allez, on y va !

— Où ça ? demanda Emmy.

— À 3 ou 4 kilomètres d'ici, à Glencruitten.

Il attrapa le papier où Simon avait inscrit l'adresse précise.

Ils quittèrent la ville vers l'est en empruntant une route étroite qui montait dans la campagne vallonnée. Au fur et à mesure de leur progression, les habitations se faisaient plus rares. Ils arrivèrent devant une maison où un homme déplaçait un conteneur à poubelle dans sa cour.

— Le vieux Robertson, mais qu'est-ce qu'il fout dehors ?

Il reconnut Andrew, posa sa poubelle et lui montra le bâtiment en tôles vertes qui se trouvait un peu plus haut de l'autre côté de la route. Andrew baissa sa vitre et lui ordonna de rentrer chez lui.

Les véhicules s'arrêtèrent bien avant le hangar. Les policiers descendirent en silence et, guidés par les gestes d'Andrew, encerclèrent le bâtiment. Andrew actionna doucement le portillon de la grande porte. Il était ouvert. Il entra sans faire de bruit. Deux agents le suivirent et les autres restèrent à l'extérieur. Au fond, une pièce était illuminée. Ils passèrent entre le van rouge et un tracteur. Au mur était accroché du matériel d'équitation. Arrivé au fond, Andrew glissa un œil par la porte entrouverte. Une personne était allongée sur un matelas et un homme de dos était penché sur elle.

— Pas un geste, lança Andrew en pénétrant dans le local, l'arme braquée.

L'homme se retourna et Andrew découvrit son visage et celui de la femme étendue.

— Runar ? Lisa !

Andrew rengaina son arme et s'approcha.

— Mais qu'est-ce que vous faites là ? Qu'est-ce qui t'arrive, ma chérie, tu es blessée ?

Le côté gauche de son visage était masqué par un large pansement et son bras immobilisé dans un bandage, de la main jusqu'à l'épaule. Runar répondit à sa place :

— Elle a dû se fracturer le bras.

Andrew chercha l'explication pendant une fraction de seconde, puis demanda, incrédule :

— C'est vous qui avez fait exploser la maison de Patricia ?

Le regard de sa fille était sans ambiguïté.

— Non…

Il se frappa le front.

— Patricia MacDonald est une criminelle, dit Lisa d'une faible voix. Sa mine est une agression permanente à l'Écosse, tu le sais aussi bien que moi.

— Fais voir tes blessures.

Il souleva légèrement l'adhésif appliqué sur son visage qui masquait une écorchure rouge vif.

— Nous avons couru pour fuir l'île et Lisa est méchamment tombée sur les rochers, dit Runar en guise d'explication.

— Ce n'est rien, papa, rien à côté de ce qu'elle fait subir à notre terre !

— Arrête ces absurdités !

Il se tourna vers Emmy, qui était restée en retrait.

— Appelle les secours, ordonna-t-il.

Puis il regarda sa fille, dépité.

— J'en reviens pas que tu te sois mise en danger à cause de cette mine. Et la voiture de Patricia, c'était vous aussi ?

Le silence et leur regard suffisaient, Andrew était sidéré. Il se remémora ces moments où son équipe était sur les dents et les habitants d'Oban terrorisés par ces violences. Et les responsables de cette situation étaient juste à ses côtés, sa fille et son compagnon. Le sentiment de soulagement qu'il ressentait, car enfin toutes ces explosions avaient une explication, fut immédiatement effacé par une énorme déception.

— Nous ne sommes pas seuls, expliqua Runar. Il y a toute une mouvance derrière nous, les gens veulent que les choses changent. Vous vous rendez compte qu'on détruit notre terre pour extraire de l'or. Et pour en faire quoi, des choses utiles ? Non, même pas. Pour que des gens ornent leurs doigts et leurs oreilles de bijoux en or. Vous trouvez ça juste, Andrew ?

— Je comprends votre opinion, mais est-ce que ça justifie de mettre en danger des gens, de faire exploser des voitures, des maisons ? Vous auriez pu tuer quelqu'un !

L'ambulance arriva et prit en charge Lisa, alors que Runar fut embarqué dans le véhicule de police. Lorsqu'il quitta les lieux, Andrew osait à peine regarder ses collègues, car, désormais, c'était un sentiment de honte qui s'était emparé de lui. Emmy, compatissante, s'approcha de lui et lui fit une tape amicale sur l'épaule.

CHAPITRE 15

Mary et Ronan avaient quitté le port et emprunté la rue qui montait vers la tour McCaig. Ils n'entrèrent pas par l'arche où le public déjà nombreux s'engouffrait pour assister au concert, mais ils contournèrent le monument pour se rendre sur le promontoire qui dominait toute la ville d'Oban et bien au-delà.

— Demain, on laissera Kerrera derrière nous, dit Ronan.

— Je n'en reviens toujours pas de ce qu'on a vécu ici. Tu sais, je me dis sans cesse que tout ce qui arrive dans notre vie n'est pas dû au hasard.

— Tu crois ?

— Oui, je pense que tout ce que nous vivons à un sens, une raison d'exister. Que tout ce que nous affrontons nous sert et nous fait progresser.

— Drôle de façon de penser… Et si on se réfère à ce que tu viens de vivre ici, ça donne quoi ? demanda Ronan, sceptique.

— Je n'en sais rien, j'ai peut-être besoin de temps pour comprendre et pouvoir tirer des conclusions. Mais c'est une conviction, quelque chose qui s'impose à moi sans que j'en déchiffre le sens.

Mary fit une pause, puis elle ajouta :

— J'ai hâte de rentrer.

— Allez, viens, le concert ne va pas tarder à commencer.

La vibration de son téléphone interrompit Ronan. Il fit signe à Mary de continuer sans lui et prit quelques instants pour répondre à Erwan qui lui donnait les dernières informations en provenance du commissariat de Quimper.

Mary pénétra dans le jardin qui s'étendait sur toute la surface intérieure du monument. Une multitude de chaises recouvrait la pelouse. Une scène était érigée contre le mur d'arches en pierre. Les musiciens étaient déjà assis, concentrés sur leur instrument, accordant violon ou violoncelle. Mary trouva deux chaises libres et s'installa. Ronan arriva au moment où le chef d'orchestre rejoignait la cinquantaine d'artistes sur scène, accueilli par des applaudissements.

Patricia MacDonald, assise derrière son violoncelle, trônait en première ligne. On lui avait visiblement réservé une place d'honneur, car elle disposait autour d'elle d'un espace bien plus important que les autres membres de l'orchestre.

La musique commença par un morceau très doux qui mit avec délicatesse les spectateurs dans l'ambiance. Puis ce fut un morceau rythmé qui capta toute l'attention du public.

Mary et Ronan étaient absorbés par ces variations qui oscillaient entre passages intimistes où seuls quelques instruments menaient le tempo et les moments où tous se coordonnaient pour donner sa puissance à la mélodie. La force des cuivres qui venait compléter la légèreté des cordes était particulièrement poignante. Les doigts de Patricia couraient sur son violoncelle et son bras droit prolongé par son archet exécutait une danse ample et précise alors que sa tête semblait battre la mesure. Son visage reflétait une concentration extrême et une énergie incroyable se dégageait d'elle.

Mary réalisa que toutes ces individualités disparaissaient au profit de l'œuvre musicale. La concentration des musiciens et leur regard rivé sur le chef d'orchestre illustraient leur volonté d'unité vouée tout entière à la mélodie. Chacun avait sa raison d'être individuelle et participait pleinement à l'élan collectif. Elle trouva cette démarche magnifique et cette générosité qui émanait d'eux la toucha.

Son esprit, porté par la musique, quitta le moment présent et ses pensées se dirigèrent vers Lucie. C'est sûr que, si elle avait toujours été de ce monde, elle aurait été là, parmi les habitants d'Oban, à profiter de ce moment exceptionnel. Elle ne put retenir les larmes qui coulèrent sur son visage.

Une symphonie était mille fois plus juste que la vie. Elle suivait son cours avec des enchaînements parfaitement réglés où chaque note était à sa place, à l'opposé de ce que la vie réserve de surprises, bonnes ou mauvaises.

L'orchestre entama l'ouverture de la *Symphonie n° 3* de Mendelssohn, qui évoquait la grotte de Fingal.

Ronan reconnut immédiatement le morceau. Au fur et à mesure que l'orchestre le jouait, les images de sa navigation près de Staffa lui revinrent en mémoire et lui donnèrent, à lui aussi, des émotions inattendues. Il regarda Mary, elle lui répondit par un sourire. Elle avait réussi à sécher ses larmes sans qu'il s'en aperçoive. Ronan lui sourit en retour, légèrement déçu de ne pouvoir lui expliquer ce qu'il ressentait et pourquoi ce morceau le touchait particulièrement. Il n'était pas question de parler au risque de perturber ses voisins et la magie du moment.

Une fois les dernières notes jouées, le chef d'orchestre et les musiciens reçurent une standing ovation interminable. Le public était visiblement très reconnaissant de cette représentation au cœur de leur ville, dans ce lieu pourtant peu adapté à la tenue d'un concert.

Ronan et Mary allèrent saluer Patricia, qui se trouvait avec les musiciens dans une tente aménagée en loge à l'extérieur du monument.

— C'était formidable, Patricia, dit Mary.

— Oui, vraiment un concert fantastique, abonda Ronan, lui aussi ému.

— Merci, les amis. Pour moi, jouer ici, c'est un bonheur inestimable.

Andrew, accompagné de son épouse, arriva à son tour.

— Bravo, madame MacDonald, nous avons passé un moment incroyable, grâce à vous.

— J'en suis ravie. J'ai une grande nouvelle à vous annoncer.

Tous s'étonnèrent.

— J'ai décidé d'arrêter la production de ma mine. Dans quelques jours, nous allons évacuer les machines et procéder à la remise en état du site. J'ai trouvé un nouvel usage à ces galeries souterraines.

— Ah oui ? s'étonna Andrew.

— La distillerie d'Oban est intéressée pour y faire vieillir son whisky. J'ai déjà le nom de cette cuvée spéciale. L'Or des Highlands. C'est bien, non ? fit-elle, fière de sa trouvaille.

— Génial ! s'exclama Mary. C'est une excellente idée.

— Et ce n'est pas tout. Je divorce de Peter, et je vais reconstruire ma maison. Je me sens bien sur l'île, je ne me vois pas habiter ailleurs.

— Tout ça… admira Ronan.

— Oui, il y a des moments où il faut savoir prendre des décisions.

— Patricia, je te souhaite plein de belles choses, lança Mary.

— Moi aussi, je te souhaite le meilleur, Mary. J'espère que tu ne garderas pas un trop mauvais souvenir de ton séjour en Écosse. Tu y as vécu des moments si difficiles.

Mary serra Patricia un long moment dans ses bras.

— Andrew, j'ai des infos à vous communiquer, dit Ronan en attrapant le policier par le bras pour le prendre à part. Yann Conan a expliqué lors de sa garde à vue que c'est William qui lui a parlé de l'existence du fossile. Il l'avait repéré il y a déjà longtemps, un jour que la mer était descendue très bas, lors d'une marée d'équinoxe. Yann a voulu l'extraire et le revendre à un Français qui gravite dans le marché clandestin des fossiles.

— Et comment a-t-il fait pour le transporter ?

— Le soir où je l'ai suivi, Yann a découpé la roche à la scie circulaire. Puis il est revenu plus tard dans la nuit, au moment de la marée haute, pour le charger dans le bateau de William. Il l'a ensuite dissimulé dans le camion de saumons garé au port. Il a sans doute bénéficié de l'aide d'un complice, car le poids du bloc de pierre était important, mais il n'a rien dit de plus pour l'instant.

— Dans le camion de marée ?

— Oui, il a fabriqué un double-fond dans un des conteneurs à saumons, un jeu d'enfant pour un menuisier. C'est là qu'il l'a caché pour le faire transiter jusqu'en Bretagne.

— Eh ben…

— Et ce n'est pas tout. Yann et William n'en sont pas à leur première collaboration.

— Ah bon ?

— Ce double-fond dans le vivier à saumons avait déjà servi. William volait des œufs de faucons sauvages pour les revendre à l'étranger.

— Non… pas William ?

— C'est en tout cas ce que Yann a dit aux enquêteurs français. Ces œufs de rapaces ont beaucoup de valeur, Andrew ?

— Un trafic international d'œufs de faucons existe depuis quelques années entre l'Écosse et le Moyen-Orient, expliqua le policier. Là-bas, on les utilise pour les dresser à la course. Un trafic malheureusement lucratif, un œuf peut se vendre 5 000 euros et un faucon jusqu'à 250 000 euros si j'ai bonne mémoire. C'est pour cela que la population de rapaces est menacée dans certains coins d'Écosse, comme à Kerrera. William est mouillé là-dedans ? J'en reviens pas…

— D'après Yann, ils auraient transporté huit œufs. Puis, quand il s'est agi de trouver un débouché au fossile, ils ont continué selon le même procédé pour le faire passer outre-Manche.

— Une sacrée paire, ces deux-là.

— Yann Conan avait déjà une bonne expérience de receleur avant de devenir charpentier, il s'est fait oublier en France, mais visiblement, ici, les occasions étaient trop belles.

CHAPITRE 16

Le lendemain, Ronan et Mary bouclèrent leurs valises et quittèrent leur cottage. Ils passèrent au pub dire au revoir à Jenny et s'arrêtèrent au chantier ensuite. Sofia, dont la réfection des voiles touchait à sa fin, n'allait pas tarder à rentrer en Italie. Stephen allait se retrouver seul pour s'occuper du vieux gréement.

Ils embarquèrent sur la vedette de Gordon pour sa première traversée de la journée. Ils s'installèrent sur la banquette arrière et regardèrent le paysage alors que le bateau quittait la marina. À leur gauche, la maison de Patricia dévoilait toujours sa façade éventrée. À droite, la maison de Lucie lui faisait face, tous les volets clos. Mary eut un pincement au cœur de voir l'île de Kerrera s'éloigner dans le sillage du bateau. Une fois amarrés à Oban, ils firent leurs adieux à Gordon et prirent la direction du centre-ville, chacun tirant sa valise. Là encore, Mary eut le cœur lourd en faisant le chemin inverse du jour de son arrivée. Ils passèrent devant le Cuan Mor, la façade du pub était bardée de grands panneaux en bois.

Au poste de police, ils demandèrent à voir Andrew Steward.

— L'inspecteur-chef est absent, mais il ne va pas tarder, annonça l'agent chargé de l'accueil. Si vous voulez l'attendre… proposa-t-il en montrant deux fauteuils dans le hall.

À peine avait-il fini sa phrase que la porte qui donnait à l'arrière du bâtiment s'ouvrit. William, menottes aux mains, était escorté de deux policiers jusqu'au fond du couloir. Il les regarda à peine.

Ronan et Mary échangèrent un regard. Mary était troublée de savoir William à la fois victime et coupable, même si ses actes n'avaient rien de commun avec ceux de Danny.

Andrew referma la porte, vint à leur rencontre et salua le couple.

— William a avoué ? demanda-t-elle au policier.

— Pas encore, mais j'ai du mal à croire qu'il contestera ce que son complice a déjà expliqué en France. Je tiens à vous remercier pour votre aide.

— Et Danny ?

— Il a tout expliqué. Il a pris l'identité d'un copain au passé pas trop chargé, contrairement à lui, de façon à être crédible si on se renseignait sur lui. Et ça a fonctionné. Il a ainsi pu s'installer au plus près de Lucie et de William Sinclair pour préparer ses meurtres et accomplir sa sinistre vengeance.

Mary et Ronan décelaient dans sa voix d'énormes regrets.

— Évidemment, il est venu ici sous une fausse identité… et je ne m'en suis pas douté, se lamenta Andrew.

— C'est fou, cette histoire ! lâcha-t-elle.

— Mary, vous vous êtes mise en danger par ma faute.

— Mais non, ne dites pas ça, Andrew.

— Si j'étais allé jusqu'au bout de mon intuition à propos de Danny, je l'aurais arrêté bien plus tôt, et il ne vous serait rien arrivé.

— Vous avez fait ce que vous avez pu. Et vous avez sauvé William et Patricia d'une mort certaine, tempéra Mary.

— Et Lisa et Runar ? demanda Ronan pour passer à autre chose.

— Ils devraient s'en tirer sans trop de mal. Patricia a déclaré qu'elle ne leur en voulait pas. Quelle femme spéciale, tout de même ! Elle a demandé à les voir pour les remercier. Ils lui ont ouvert les yeux sur sa responsabilité environnementale. Vous y croyez ? demanda-t-il, malgré tout souriant.

— Ça ne m'étonne pas du tout d'elle, s'esclaffa Mary.

Andrew soupira et changea de sujet.

— Alors, ça y est, c'est le jour J ?

— Oui, on prend l'avion cet après-midi.

— Bon voyage à vous deux, fit Andrew en tendant une carte de visite à Ronan. Et cette fois, ne la perdez pas, hein ?

— Promis !

Ils se quittèrent après une franche accolade.

Ils se rendirent au bureau de location de voiture à la gare et prirent place dans la Ford qu'ils avaient réservée pour rejoindre à l'aéroport de Glasgow.

Ronan roula au ralenti en passant sur le front de mer, puis il prit la direction du nord. Peu après la sortie d'Oban, Mary aperçut l'indication du cimetière de Pennyfuir.

— Arrête-toi, s'il te plaît.

Ronan se gara sur le parking et Mary quitta le véhicule.

— Je n'en ai pas pour longtemps.

Elle pénétra dans le cimetière et s'engagea dans l'allée principale à la recherche d'une tombe sans monument. Après quelques instants, elle aperçut un monticule couvert de fleurs. Elle ne lut pas de nom, mais elle sut qu'elle était au bon endroit lorsqu'elle découvrit l'inscription que portait la plus grande gerbe : *À ma sœur adorée*. Elle se recueillit un moment et elle revit encore une fois Lucie allongée sur le trottoir, la tête entre ses mains. Ce souvenir lui serra le cœur. Puis, étrangement, ses pensées s'apaisèrent. Elle lui dit adieu en silence et quitta la tombe.

Lorsque Mary passa près d'un grand chêne, une nuée de papillons blancs s'envola. Ils virevoltèrent autour d'elle en frôlant son corps et son visage. Un sentiment de bonheur l'envahit. La danse dura quelques secondes, puis la nuée se dispersa. Mary, immobile, observa les petites taches blanches s'éloigner dans le paysage vert et bleu des montagnes et du ciel. On aurait dit qu'une boule de Noël avait été secouée devant ses yeux. Elle ne les quitta pas du regard jusqu'au moment où elles disparurent pour toujours.

FIN

Inscrivez-vous gratuitement,
et sans aucun engagement de votre part,
à notre bulletin d'information
en nous retournant le coupon ci-contre.

Vous serez averti(e) des parutions en exclusivité,
pourrez bénéficier d'offres spéciales,
de cadeaux, etc.

Chaque nouvel inscrit recevra
une petite surprise…

Rejoignez-nous vite!

Et n'hésitez pas à proposer l'inscription
à vos parents et amis…

Je désire m'abonner gratuitement
au bulletin d'information des Éditions du Palémon :
je serai averti(e) des parutions de Caroline Le Rhun
ainsi que de l'actualité et des offres Palémon.

Nom ....

Prénom ....

Adresse ....

....

Code Postal .... Ville ....

Pour encore plus d'offres et d'infos,
indiquez votre adresse e-mail :

E-mail ....@......................

Bon à compléter ou à recopier
et à retourner par courrier à l'adresse suivante :

ÉDITIONS DU PALÉMON
ZI de Kernevez
11B rue Röntgen
29000 QUIMPER

Vos données sont collectées par les éditions du Palémon afin de vous inscrire à notre lettre d'information. Le recueil des données est facultatif et limité à ce qui est strictement nécessaire pour vous faire parvenir notre catalogue et/ou notre newsletter. Vous pouvez à tout moment accéder à vos données, les rectifier, demander leur suppression ou la limitation de leur traitement. En cas de question, vous pouvez nous contacter au 02 98 94 62 44 ou sur contact@palemon.fr.

❒ Je consens à l'utilisation de mes données

❒ Je souhaite m'inscrire à la newsletter

CLR05

Retrouvez l'ouvrage de Caroline Le Rhun
et tous les titres des Éditions du Palémon sur :

www.palemon.fr

ÉDITIONS DU PALÉMON
ZI de Kernevez - 11B rue Röntgen
29000 QUIMPER
02 98 94 62 44
Dépôt légal 2e trimestre 2025

ISBN : 978-2-385271-36-7

Achevé d'imprimer en mai 2025
sur les presses de CPI Bussière
18200 Saint-Amand-Montrond
Numéro d'impression : 2084518
1er tirage

Imprimé en France